JN117495

柚木麻子

坂口友佳子 絵

etc.
books

もくじ

登場人物
マリ
レイ
スジ
マサチカ

エイミー
イソ先生
グウェンダリン
ユキ

ジロウ
モモ
マデリン

石の花町MAP
黒すぐりの森
町民会館
レイの家
ブティック
魔女歴史記念館
スジの家
病院
円形劇場

マデリンの城
石の花小学校
石の花像
マリの家
グウェンダリンのうらないの館
石の花広場
うらない通り

第1章 ドーナツパニック

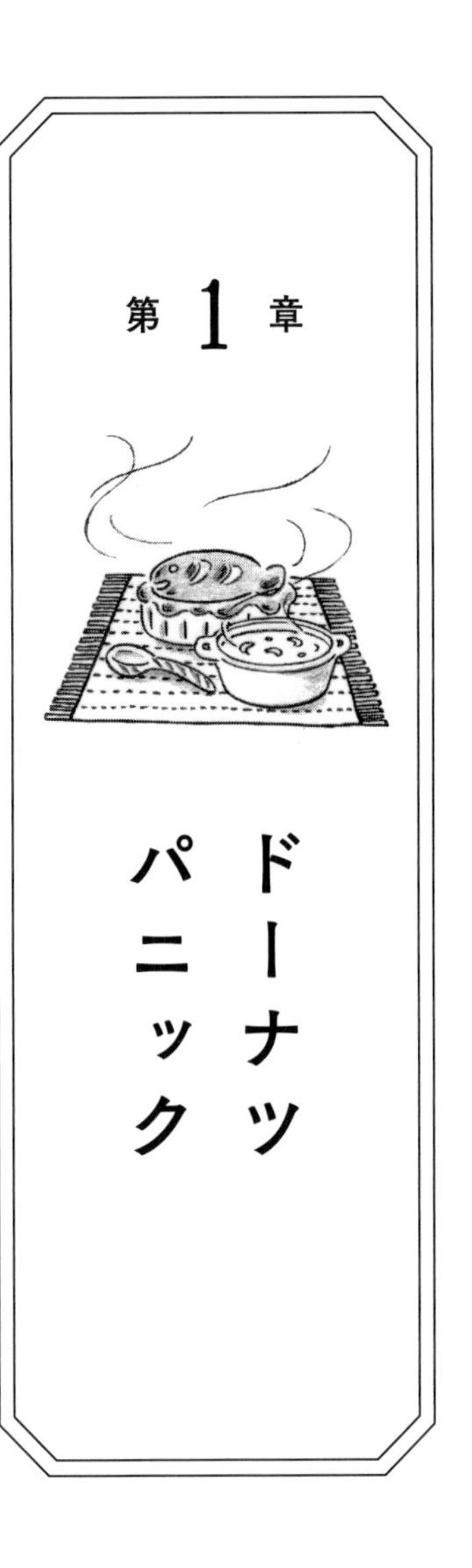

かべにかかっている電話がなりました。

ユキさんが受話器を耳にあてると、担任のイソ先生のあわてた声がします。そのうしろでは、子どもたちの悲鳴なのかよろこびのさけびなのかわからないキャアキャアいう声がきこえてきました。

「お母さんたち、すぐに学校にきてください。マリさんがまた『倍数の魔法』を使ったのです」

ああ、こまった、どうしよう。ユキさんは泣きそうになって、ごめんなさい、ごめんなさい、とあやまりながら受話器をもどし、テーブルで栗のスープと魚のパイを食べていた、妻のグウェンダリンをふりかえりました。

「どうしよう、グウェンダリン。マリがまた学校で……」

いいおわるよりはやく、台所のギンガムチェックのカーテンが大きくはためきました。カーテンがもとにもどると、グウェンダリンはもう姿を消していました。栗のスープがさびしそうな湯気をたてています。黒猫のマサチカがタタタッとやってきて、窓わくによじのぼりました。つづいてユキさんが、台所の窓から身を乗りだして顔をあげると、青空のはるかはるか高いところに、ホウキにまたがるグウェンダリンのたくましいせなかが見えました。

ユキさんはしばらく考えて、自分もとりあえず学校にようすを見にいってみることにしました。スープのおなべの火をとめて、ユキさんはマサチカのまえにミルク皿を置きました。いってきますというと、ドアに鍵をかけて、通りに出ます。「きゅうけいちゅう」のふだがドアにさがった、とがった緑の木の屋根と風見鶏が目印の「グウェンダリンのうらないの館」のまえには、お昼やすみだというのに、お客さんの列が、石だたみの道にもうなんメートルもつづいていました。ユキさんが「ごめんなさい。

第１章

ドーナツパニック

ちょっと娘の学校に行かなきゃならなくなって」と小さな声であやまると、みんなブウブウもんくをいいながら、バラバラに帰っていきました。

グウェンダリンのうらないは、あたると評判で、とおくはなれた町からもたくさんのお客さんがやってきます。この道が「うらない通り」と呼ばれるくらいです。じっさい、どんな人の未来でもピタリとあてることができるのです。グウェンダリンのうらないで、ななめまえのくだもの屋さんはメロンの仕入れの数を決めているし、となりに住んでいるリーさんもどこも悪くないうちから病院に行ったおかげで、おなかのなかにゲジゲジの形をしたかたまりを見つけることができました。

だれもがみとめます。グウェンダリンはすてきな魔女だと。

ふさふさとしたあい色の髪、ユキさんの二倍はある大きな体。どうどうとした態度で、めったにわらったりふざけたりすることはありません。きく人の心の奥に届いて、体のすみずみにまで広がるようなひくい声。しずかな目は星のない夜空の色をしています。魔女学校一年生で、はじめて会ったとき、ユキさんはひとめでこの人がだいすきになったのです。

それにひきかえ、と、ユキさんはため息をつきながら、魔女学校のころから使っているさびついた自転車のストッパーをけりあげました。名門魔女一族に生まれたというのに、ユキさんはホウキに乗ることさえできません。ちょっと浮いてもすぐに地面にべたっと足がついてしまいます。モモお母さまからゆずりうけた先祖代々つたわるホウキはいつもそうじに使っていました。体はほそっこくて背はひくく、お母さんになったいまも、よく女の子にまちがわれます。どんなに声をはりあげてもささやいているようにしかきこえません。なによりもよわむしで、こうしているいまも泣きだしたいきもちです。

　ユキさんの自転車はゆるやかな坂道になっているうらない通りをくだって、いま、石の花広場をよこぎろうとしていました。道のところどころにそびえている「塩の柱」にぶつからないように、右へ左へと体をかたむけます。町じゅうの道という道はぜんぶ、この中心地につながっています。時計台と町民会館と魔女歴史記念館のまえには、石でつくられたすりばち型の野外円形劇場があり、きせつごとのおまつりやコンサートはここでひらかれます。なによりも目をひくのは広場のまんなかに、町のどの建物よりも高くそびえ立つ、石の花像でしょう。長い長いまっすぐな茎の先では、たくさんの花びらをまとったおしべとめしべが天をむいています。ぜんぶが石だけでできたこの大きな花は、魔女が人々といっしょにくらすようになったきっかけをつくった、歴史ある像なのですが、くわしい説明はもうちょっと先になります。

あれっ？

なにかが顔をかすめた気がして、ユキさんは自転車をとめて、空を見あげました。からりと晴れた秋の空です。ほっぺをさわると砂つぶのようなものがくっついていました。すぐそばには石の花像がいつものように、道を歩く人なんて興味ありませんよ、とでもいうように、空だけを見つめています。

まさかね、とつぶやいて、ユキさんはふたたび、ペダルをふみました。

広場を過ぎると、川をはさんで、黒すぐりの森が見えてきます。町の子どもたちはこの森をかけまわって、すぐりときのこでエプロンやかごをいっぱいにしているうちに、大きくなっていきます。悪いきのこでおなかをこわしたとしても、それはだいじな勉強。みんなここで自由に過ごすことを許されています。でも、森の中にある「マデリンの城」だけは、素通りするように、おとなたちからきつくいいきかせられていました。あのお城のような古い塔にカラスやコウモリとくらす、おばあさん魔女のマデリンがむかしいったいどんな悪さをしたのか、ユキさんもくわしくは知りません。

でも、小さいころから、おばあさまからもお母さまからも、あの人にはかかわるなと、しつこいくらいにいわれて育ちました。じっさい、ときどき、カラスやコウモリを引きつれて、町にパンや雑誌を買いにあらわれるマデリンは、いかにもいじわるそうな目つきをしていて、髪はくしゃくしゃ、マントはよれよれのツギハギだらけ、態度もぶっきらぼう、長いつめは黄ばんでひびわれています。おばあさまの若いころはおおぜいいたという、すてきじゃない魔女そのものなので、きっとみんなが正しいのだろう、という結論に落ちつき、ユキさんはマリにも同じようにいいきかせています。川ぞいを走っていると、かすかなあまいかおりがふわりと、風に乗ってただよってきました。

石の花小学校がちかづくにつれて、かおりが強くなり、油っこくなっていきます。ユキさんのいやな予感もどんどん現実にちかづいていきました。自転車が正面門についたころ、校庭は直径100メートルくらいのまるい形のなにかでおおいつくされていました。その表面はしっとりしたちゃ色で、ぎらぎらした油とさとうつぶにまみれ、日の光を集めてところどころ虹色に輝いています。おおぜいの子どもたちがその上によじのぼり、すべったり、足ぶみしたり、カリカリしたところを歯でかじりとったり、奥に手をつっこんで赤いベタベタを溶岩のようにあふれさせたりしています。そのキャアキャアガヤガヤした声のうるさいことといったら、両耳をふさぎたくなるほどです。

「あれは給食のジャムドーナツですよ」

すんだ声がして、ユキさんがふりむくと、すらりとした背の高い子どもがホウキを手に立っていました。つばの広い先のとがった帽子にはためくマント、足首までおおう黒のドレスがよく似合います。緑色のたっぷりつやつやの髪、大きなむらさき色のひとみはやさしいふんいきですが、夕暮れのようになぞめいてもいます。きりりと引きしまったくちびるはひとみと同じ色のルージュがぬられていて、いかにもかしこそう。

残念ながら、この子は主人公のマリではなく、マリの親友のレイで、11歳の女の子です。魔女がだいすきだから、趣味でこんなかっこうをしているだけで、魔法は使えません。

「マリをしからないでやってください。ジャムドーナツはマリの大好物なんで、ちょっと大きくしようとしただけなんです」

「ああ、そう。レイちゃん、マリはどこ？」

レイが指さした方向を見て、ユキさんはああ、とひくくうめき、よろけてドーナツにつかまりました。油とさとうまみれの生地で手のひらはたちまちベタベタです。そして、元気な声がふってきました。

「ユキさんママがきた！　すごいでしょう⁉　これぜんぶ、マリがひとりでやったんだよ！」

巨大なジャムドーナツのてっぺんにぺたりとすわりこみ、口のまわりをジャムだらけにしてげらげらわらっている女の子。あれがユキさんとグウェンダリンのひとり娘のマリです。

あれほど体を冷やすなといったのに、縞もようのセーターからはまるいおなかがぽこんととび出し、大きなおへそがのぞいています。柄のちがう両方の靴下の先っぽは、きょうもだらしなくたるんでいます。ピンクの髪はくるくるとうずをまいていて、大きな赤いひとみはあかるく燃えているのですが、ほんとうのマリの髪も目も、ユキさ

んゆずりのちゃ色です。マリは魔法で、毎日きまぐれに髪や目の色を変えていて、最近では、ユキさんもどれがほんとうの色だったかわからなくなるほどでした。赤ちゃんのころから変わらないふっくらしたまるい顔で、手も足もたっぷりと肉がついた女の子。かわいいかわいい、だれよりもたいせつなひとり娘。ユキさんはそんなマリが石の花町のきらわれものになったらどうしようと思いうかべるだけで、夜もねむれないのです。

「わたしはいったんですよ。学校で魔法を使うのはもうやめたほうがいいって、なんどもなんどもマリちゃんにいったんですよ」

となりでくちびるをとがらせたのは、マリたちのとなりのクラスの魔女、エイミーです。この国では、魔女はだいたい、学校のひとクラスにひとりの割合で存在していきます。青い髪をきつくふたつ結びにした、太くりりしい眉の優等生で、悪い子ではないのですが、みんなと仲よくしようとがんばるあまり、つい口うるさくなってしまいます。エイミーはむかしからマリが気になってしかたがないらしく、いつもそばをうろうろしています。

「マリ、おりてらっしゃい！」

と、ユキさんはエイミーをおしのけてそうさけびましたが、声が小さいのでまるで娘に届きません。そうでなくても、ドーナツには子どもたちがアリンコのようにむらがっていて、それぞれ食べることやしゃべることに夢中になっているので、うるさいったらないのです。ユキさんはもういちどさけびました。

「マリちゃん、やめなさい‼　おりていらっしゃい」

次の瞬間、校庭をおおいつくしていたドーナツはあとかたもなく消えました。むらがっていた子どもたちはふわふわ宙をまいながら、それぞれわけがわからないといった顔つきのまま、グラウンドにひとりひとり、音もなく着地していきました。砂ぼこりのなかからゆっくりあらわれたのは、ひとあしはやく到着していたグウェンダリン。その力強い大きな手には、銀色の杖が握られています。レイはうっとりしています。レイの夢はグウェンダリンのようになってみんなから尊敬されることです。うしろから小走りでやってくるのは担任のイソ先生。イソ先生はとても若く、みんなのおねえさんのような存在です。やせていて背が高く、長い髪をうしろでひとつにまとめ、いつもぴかぴかのおでこを全開にしています。

「お母さんがた、ご心配おかけしました。わたしの注意がゆきとどかなかったせいですし、マリさんを怒らないでやってくださいね。わたしたちとしては、お昼のじかんに、円周率と倍数の勉強ができたから、よかったんですよ。ねえスジさん」

「はいっ、直径8センチのジャムドーナツがマリの魔法で、1秒間で2倍の大きさにふくらんだんです」

イソ先生のとなりにはいつのまにか、コンパスとじょうぎを手にしたスジがいました。分厚いメガネの奥のつぶらなひとみを光らせ、まくしたてます。

「であれば、1分後には１２０倍、ジャムドーナツは９６０センチになります。教室の幅はたてよこ10メートルだから、10分もすぎたら、教室にあるものは、つくえもいすもみんな押しつぶされる計算になります。みんな、窒息死したくなければ外に出て、って指示したのはわたしですよ！　タイヤみたいにどんどんふくらんでいくドーナツを、クラスみんなでころがして、非常階段から校庭に逃がすよう提案したのも、この、わたしなんですよ」

スジもマリの親友で、レイをふくめた三人でいつもいっしょに行動しています。スジは運動はあまりとくいではないのですが、学年でいちばん頭がよく、なにより算数がとくい。将来は数学者になるのが夢です。

「スジちゃん、どうもありがとう」

ため息まじりに、ユキさんはいいました。スジとレイが仲よくしてくれなければ、マリはもうとっくに小学校を追いだされていたことでしょう。マリが科学実験の解剖用カエルを１０００匹にしてしまったときも、歴史の授業で取りあげられた、大むかしの横暴な王さまや軍隊を、教科書から引っぱりだしたせいで、校舎が軍に燃やされかけたときも、レイとスジがすばやくどうすればいいか考えてくれたから、おおごとにならずにすんだのです。

さとうまみれになってすわりこんでいるマリを見おろし、グウェンダリンは、おごそかな調子でいいました。

「いいですか。わたしがすぐにやってきて、倍数の魔法をとめなければ、学校がドーナツで押しつぶされて、町が飲みこまれるところだったんですよ」

ユキさんはそのようすを思いうかべてみました。そんな大きな魔法が使えるなんて、うちの子、すごいかも、というちょっぴりほこらしいきもち。巨大なドーナツが学校の柵をたおし、川をまたぎ、広場の石の花像がへしおられる場面を考えたら、くすりとわらってしまいましたが、グウェンダリンのこわい目をみて、あわててくちびるを引きしめます。

「イソ先生、もうしわけありません。早退させます。マリ、きょうはもう、おうちに帰りますよ」

そういうと、グウェンダリンは、ひとり娘のセーターの首もとをひっつかんで、ホウキにとび乗りました。またたくまに空高くまいあがるマリを見あげ、学校じゅうの子どもたちが「ばいばーい」と手をふりました。みんな、ドーナツどころかマリまで消えてしまったので、いかにもがっかり顔です。おまけにこれからねむたくてしかたがない午後の授業がはじまるのですから。

もはや校庭からほとんど見えないほどの高さにいるマリも「さようならー」と手をふりかえします。

ユキさんははっとして自転車にとび乗ると、空をとぶ家族をあわてて追いかけるのでした。

学校のまわりはドーナツのさとうだらけで、車輪がじゃりじゃりとなっています。

その夜の満月はまんまるで、きょうのジャムドーナツを思わせました。

第1章
ドーナツパニック

あーあ、おなかへったなあ〜。とマリは自分の部屋のカーテンのすきまから夜空を見あげています。

「自業自得じゃないか。学校は勉強をする場所なのに、じかんをむだにしているよ」

と、黒猫のマサチカは、ペンをまえ足でつかんで、インクに浸しながらいいました。

どんな魔女でも、小さいころから使い魔の黒猫といっしょに育ち、助けあっていくものですが、マサチカはだらしないマリのお手伝いなんかしたくもなくて、いつもなにかを読んだり書いたりしています。というのも、マサチカの夢は小説家になることなのです。それも、いろんな国のことばに翻訳されるような、猫が主役のすごい物語を書くことなんだそう。

小説家というものはむかしから、猫がすきな人が多く、猫は数多くの有名な物語に登場します。マサチカはそんな小説家たちがズルいと思っています。猫のかっこよくておもしろいところを書いて人気になっているくせに、かんじんの猫たちはべつにほめられるわけでもありませんからね。いまにすごいベストセラーを出して猫の実力をみせつけてやるつもりです。

マリのおなかがグーッとなったので、マサチカは気がちって、小さなきばをむきだしてシャーッと威嚇します。いまは勇敢な猫たちが団結し、ケチな魚屋と戦う名場面を書いているところなのに。

しかたがないのです。マリは夕食をひと口しか食べていません。食事中もグウェンダリンママがずっとしゃべりつづけているせいで、シチューに手をつけるひまがなかったのです。

――いちばんの問題は

しかられおわったかと思ったら、グウェンダリンママの声の感じが変わったので、マリはおいおい、ここからが本番なのかーと、グッタリしました。

――倍数の魔法を使ったことではないの。あなたは、みんなに分けあたえるために、ドーナツを大きくしたのではないんでしょう？

――うん。もうちょっと大きかったらいいのになあって思った。ドーナツ一個じゃわたし、ぜんぜん足りないよ。

マリがそういうと、グウェンダリンママは、いっそうこわい目になりました。

――マリ、あなたは魔法の覚えもはやいし、パワーもあります。それはとてもすばらしいこと。でも、その偉大なる力は、人間のために使わなきゃだめ。みんなの役に立つ魔女にならないと。

――どうして自分のために魔法を使っちゃだめなの？

自分のために魔法を使うことは、魔女の戒律で禁じられているわけではありません。でも、マリの親族もまわりの魔女たちも、自分のために魔法を使うことはなぜか、まったくといっていいほど、ないのです。

――いいですか。マリ。よくききなさい。たいせつな話ですよ。魔女はむかし、人間にそれはもうきらわれていたの。人間とは住むところも別で、なにか問題が起きたらぜんぶ、魔女のせいにされたの。こんなふうにいっしょにくらせるようになったのは、モモおばあさまたちやそれよりまえの魔女たちがうんとがんばってくれたから。あなたがなんの不安もなく楽しく生きているのは、おばあさまたちが――。

そこからグウェンダリンママの長い長い、魔女の歴史のお話がはじまりました。なんどもなんどもきいたものですが、マリはなにひとつ、頭に入ってきません。自分にとってためになる話だということは、わかります。うらない通りを出てしばらく東に行ったところにある、りっぱなお屋敷でくらす、モモおばあさまのこともいまはベッドでねたきりのスズひいおばあさまのことも、マリはすきです。ただ、おばあさまたちが登場するこのお話、あまりにもかったるく、わかりにくく、おまけに暗いので、次第にどうでもよくなってしまうのです。レイがしてくれる魔女の話はわくわくして、すんなり頭に入るんだけどなあ。

あ、そうだ。あした、あの子に同じ話をしてもらえばいいじゃん。

――きょうはもうお部屋に戻りなさい。たっぷり反省するんですよ。

そういって、ひとり部屋に押しこめられてかれこれ一じかん。マリはやることがなくて、窓わくにひじをついて、夜空を見あげます。すると、とおくのほうがぴかっと光っていることに気づきました。いちどではありません。ぴかっぴかっ。目を凝らせば、たくさんの星からつぎつぎと、ほろほろと光る粉がこぼれ落ちているではありませんか。まるで星のあいだを目には見えないビリヤードの玉が、はげしくぶつかり、それぞれを砕きながら行き来しているみたい。

あれが星くずっていうものかなあ？　夜風に乗ってさらさらと、星からこぼれた砂がここまでやってきます。マリが身を乗りだし、闇のなかにしばらく両手を広げていると、手のひらがきらきらと輝きはじめました。

そのとき、ドアをノックするえんりょがちな音がしたので、マリはあわてて手をひっこめ、星くずを髪になすりつけました。自分ひとりになったので目も髪もちゃ色にもどしてあります。

「おなかがすいたでしょ。グウェンダリンにはないしょよ」

ドアをあけると、ユキさんママがミトンをはめた両手で陶器のお皿を掲げ、立っていました。ふたを取ると、とろけたチーズとホワイトソースのあいだから、黄色い栗やふっくらしたきのこがのぞき、ほかほかの湯気を立てています。ユキさんママ特製、秋のドリアです。マリが小さな歓声をあげると、ユキさんママはしいっと人差し指をくちびるにあてます。書き物づくえにお皿を置いて、フォークでひとすくいチーズをのばしながら口に運び、マリはにっこりしました。黒すぐりの森で落ち葉をふみしめながら歩いているときのような、ふんわり香ばしいにおいが胸いっぱいに広がります。ナツメグのかおりがするかためのバターライスが、また、おいしいこと。

「すごいね。森のかおりがする。ユキさんママの魔法だねー」

「魔法なわけないじゃないの。だれにでもできる、ただの料理でしょ」

ユキさんママはなぜか、あわてたようにいいました。ユキさんママは、自分がグウェンダリンママのような、おおぜいの役に立つ魔女ではないことを、とても気にしています。でも、マリにしてみれば、ユキさんママもすばらしい魔女です。毎日びっくりするほどおいしいごはんやおかしをつくってくれるし、この小さな家を居心地よく整えてくれます。なによりユキさんママはいいにおいがして、体温が高くて、いっしょにいるだけで、マリは胸のあたりまでほこほこと、安心するのです。

「わたしには魔法なんて使えないんだから。せいぜい、そうじや料理くらいしか」

ユキさんママは魔女学校じだい、決して劣等生というわけではありませんでした。ただ、生まれつき体力がなく、ちょっと魔法を使うだけで、なんじかんもよこになっていなければならないほど、つかれてしまうんだそうです。それなのに、モモおばあさまもスズひいおばあさまも、有名な名門一族出身であるため、だれもがユキさんママを見ると、口には出さないけれどがっかりしたようすがにじんでいました。だから、ユキさんママはマリと同じくらいの年ごろから、とても悲しい、消えてしまいたいようなきもちで毎日くらしていたんだそうです。でも、ある瞬間、人生が変わったのだと、ユキさんママはうっとりした顔でつづけます。

「グウェンはすごいのよ。まずしい無名の一族出身で、とても苦労してきたのに、それを人には見せないの。がんばり屋さんで、すぐに魔女学校でいちばんの成績を収めるようになって、みんなあの人にあこがれていた。グウェンがわたしなんかを選んでくれて、とてもうれしかったなあ」

　ユキさんママに出あえて、グウェンダリンママだって同じくらいうれしかったんじゃないのかな、とマリは思いましたが、ユキさんママは夢見るような目つきでずっと口もとをにまにまさせているので、なにもいいませんでした。

「グウェンはきびしいけれど、それはマリちゃんの力を信じているからなのよ。自分と同じくらいりっぱな魔女になれると期待しているの。だから、あんまり落ちこまないで、きょうははやくおやすみなさいね」

　そういって、ユキさんママはマリをだきしめ、ベッドによこたわらせ、お日さまのにおいがするふとんをかけて、おなかをぽんぽんと軽くたたくと、部屋をあとにしました。

　落ちこむわけがありません。

　なにしろあしたは土曜日で、スジとレイといっしょに石の花広場にでかけるのです。マリはだれがなんといっても、ことしの石の花まつりで主役になると決めています。

マサチカはようやく本をとじ、となりにもぐりこんで体を丸めます。「どこまで書けた？」ときくと、「勇敢な猫たちは魚屋からありったけの魚をうばい、食べるだけ食べる。その骨を使って、月にむかう、すきとおった船をつくりはじめている」とマサチカは教えてくれました。「そっちこそ、作詞はどうなんだよ」ときくので、マリは「まだないしょ」と答え、枕もとのランプを吹きけし、マサチカと同時に目をつむりました。

ひと晩じゅう、星くずは石の花町にさらさらと降りつづけていました。

第2章 魔女の歴史

つぎの日もよく晴れていました。窓をあけると、わくのところにまるで真冬の霜のように、びっしりと、星くずがくっついていました。

マリはきのうの夜空を思い出しながら、鏡のまえに立って、自分を見つめ、「リュークスリュークスフィルフィルルー」と呪文をとなえます。すると髪が銀色に輝きながらうねり、ひとみのなかにたくさんの小さな星がうかびました。窓わくにたまった星くずを指ですくって、ほおやまぶたにまぶします。ワンピースはあい色を選び、バッジをたくさんつけ、星のネックレスをじゃらじゃらと重ねます。

グウェンダリンママはきのうも遅くまで仕事をしていたのか、まだ起きておらず、朝食の席にいたのはユキさんママだけでした。「そのかっこうで外に出るの？」とおそるおそるといったようすできかれたので、はしばみの実のシロップ入り牛乳紅茶とチーズと玉ねぎのホットサンドを食べながら、うん、とマリが元気よく答えると、長いため息が返ってきました。それでもお弁当に、シャケときのこのピラフを包んでこんがり焼きあげた、気球パイをもたせてくれる、やさしいユキさんママです。

道を通るみんなにきょうのおしゃれを見せたいので、マリはホウキは使わず、てくてく歩いて、石の花広場をめざします。おとなりさんのリーさんは「へーえ……」と目を丸くしただけで、くだもの屋さんは「マリちゃん、きょうもハデだねえ」とあきれたようにいうばかりです。でも、レイとスジはまち合わせ場所で顔をあわせるなり、うわあすてきだね、とほめてくれました。

マリがきょうはすぐそこの魔女歴史記念館にいってみたいな、というと、レイは、おどろいた顔をしました。

「へえ、めずらしいじゃん。でも、興味もってくれて、うれしいよ」

そういってなれたようすでみじかい階段をあがって、古の魔女が大きく口をあけた形をした入り口に、足をふみ入れました。レイはこの魔女歴史記念館のスタンプカードをなん冊ももっているくらい、よく通っているのです。

レイは魔女につたわる風習とかしきたりといったものがだいすき。知れば知るほど、いま当たりまえに目にしているものひとつひとつから、それが生まれた意味や物語が、ミルクに落としたバニラのように広がっていくのが、たまらないんだそうです。図書館でいつもたくさん本を借りて読んでいるので、もはや、どんな魔女よりも魔女にくわしいくらい。

きょうのレイも黒ずくめでつばの広い帽子、手にはホウキをもっています。こういうかっこうが自分にとっても似合うことを、レイはよくわかっています。まさにすてきな魔女そのもの。マリよりもずっと魔女らしい。マリはそんなレイをすごいなあと尊敬はするけれど、見習おうとは思いません。レイも伝統にそぐわないマリのおしゃれをおもしろがってくれるけれど、自分がそれをやりたいとは思わないようです。さらにレイは、ほんものの魔女のことが知りたくてマリにあれこれ質問することはあっても、マリをうらやましがることはないし、すてきな魔女になろうと努力しないマリにイライラもしません。スジはスジで魔女にさほど興味はないようです。でも、なにかと物を増やしたり大きくしたりするマリといっしょにいることで、自分の算数の知識が生かせることはおおいに楽しんでいるようですし、同じくらい頭のいいレイとも気があうようです。

レイは受付のおじさんにスタンプカードを差しだし、コウモリの形のハンコを押してもらいました。美術館も博物館も、この国ではおとなも子どももみんなタダで入れます。マリとスジもさっそく展示物をひとつひとつ見て歩きはじめました。大きななべやなぞめいた鏡、木でできたぐにゃっと曲がった杖。いまはもうほとんど見ない、むかしの魔女が使っていた道具が年代にそって、並んでいます。

土曜日なのに、魔女歴史記念館はすいていて、おかげで三人はたくさんしゃべったり、わらったりしながら、魔女の歴史をたどることができました。

おうちやごはん、着るものがちゃんとあって、だれもがタダで学校にいけること。どんな理由があっても、だれかにいじわるをしたり、暴力をふるうことはゆるされないこと。自然や資源をみんなでたいせつに守らなくてはいけないこと。肌やひとみの色がちがうからといって差別しないこと。女の人同士、男の人同士が結婚できること。

生まれたときにわりあてられた性別がつらい人は、無理をしたまま決められた性別で生きなくてもいいこと。

いま、石の花町ではごく当たりまえになっていることはみんな、はるかむかし、当時は「数が少ない」とされてきた人たちがそれぞれ勇気を出して戦って、変えてきた結果なんだそうです。

魔女の権利もまたしかり、とレイは歩きながら、説明してくれました。展示物はいよいよ、呪いの儀式に必要だった針や人形、魔女狩りに使ったごうもんの道具など、おどろおどろしくなってきます。

「むかしは魔女は、黒すぐりの森から出ちゃだめだったんだよ」

「え、そうなの？　それじゃあ、買い物とかどうしてたの」

レイのことばにマリはびっくりしてしまいました。あんなに暗い、すぐりときのこ以外なにもないような森のなかだけでくらすなんて、どんなに退屈なことでしょう。

「森でとれるものをなべで煮て食べたり、古い服をなんども繕いなおしたりしていたみたいだね。どうしてもっていうときは、カラスにお金を渡して、町で売っている商品を、運ばせたりしていたみたい」

魔女はこわい存在、きたない、わざわいのもと。ほんのすこしまえまで、魔女は人々から忌みきらわれていました。そんななか、一部の魔女たちは、自分たちが生きのびるためには、人間に歩みよることが必要だとして、ある方法をとります。

それが、すてきになること、でした。

「すてきにもいっぱい種類があるけれど、きれいな魔女、かっこいい魔女、かしこい魔女、おもしろい魔女、あとはなにより、人の役に立つ魔女がすてきってされたみたいだね」

それまで暗かった展示物のパネルや照明がだんだん白っぽく、明るくなりました。いまでも有名な魔女の肖像画が飾られ、そのまわりは花や星のきらきらで囲まれています。かわいらしい黒猫のぬいぐるみやおしゃれなとんがり帽子。ルビー色やメロン色にきらめく液体が入ったびんも並び、魔女が登場する有名な映画のポスターや小説が年表といっしょに展示されています。すてきな魔女たちは、人間を不幸から救ったり、アイデアを与えたり、わくわくさせたり、やさしいきもちにさせたりしたそうです。その話を見ききした人が、たくさんの本や映画を生み出しました。じっさいの魔女はこわいけれど、お話のなかであれば大歓迎、しばらくそんなじだいがつづきます。

「あ、モモおばあちゃんがいる」

マリは思わず声をあげ、子ども魔女の映画ポスターを指さしました。レイとスジが「すごーい」と小さく拍手をします。マリの住む国でいちばん有名な魔女の物語はこの「おせっかい魔女・モモにおまかせ」。もとは小説で、映画にもなりました。主人公モモのモデルがユキさんママのお母さま、すなわちモモおばあさまの子どもじだいだというのは、この町のみんなが知っていることです。だから、モモおばあさまは、超有名人なのです。ちょっとおせっかいだけど、いつも一生懸命な見習い魔女のモモが、人間をしあわせにする物語はみんなを夢中にさせせました。

「モモおばあさまって、むかしから、すごくすてきなんだねえ」

と、スジが感心した声をあげました。ほんものの魔女・モモの写真は、ポスターの俳優さんに負けないくらい目立っています。マリにもユキさんママにも似ていない、ぱっちりしたひとみ、はなやかでかわいらしい女の子が、レイのような完璧な魔女のかっこうをして、若いころのひいおばあさまやいまは亡きひいひいおばあさまといっしょに、にっこり微笑んでいます。

「わたし、『おせっかい魔女・モモ』だいすきなんだよね。小さいころに見て、魔女にあこがれるようになったんだ」

と、レイもうれしそう。マリはふうん、と、ポスターを見つめます。実はまだマリは「おせっかい魔女」の映画を見たことがないのです。モモおばあさまはすきだし、おもしろい映画もすきだけど、なんとなく「おせっかい魔女」だけは主人公がいい子っぽすぎる感じがして、あんまり興味がもてないのです。マリはむしろ、すてきじゃない魔女がコウモリやヒキガエルといっしょに大あばれして町をめちゃくちゃにして、子どもをつかまえて学校に火をはなつような映画を見たいなあと思っています。

いけない、いけない。話を歴史に戻します。

「おせっかい魔女・モモ」みたいにすてきな魔女だったら、仲間にしてあげてもいいかなあ――。人々にようやく魔女をうけ入れるきもちが広がりかけたとき、一部の魔女たちから猛反発が起きます。なにそれ、わたしたちは「すてき」にならなければ、うけ入れられないってこと？　それって、ほんとうにうけ入れたことになるの？　えらそうな人間にヘコヘコするなんてぜったいイヤ！

魔女も人間なのに、あまりに長いあいだいじわるされていたせいで、魔女は魔女でない人のことを「人間」と呼ぶようになっていました。

そして、人間にすりよる魔女は裏切りもの、と魔女が魔女を攻撃しはじめ、魔女同士の大戦争が、大勢の人も巻きこんで、なん十年にもわたってくりひろげられることになるのです。町のあちこちにいまなおそびえている石でできた彫像のようなものは、そのとき、魔女たちがとじこめられていた「塩の柱」だということです。

「塩の柱はね、裏切りものにだけかけられるこわい魔法なんだって。迷いが見えたら、みんな疑わしいって、あのころは思われていたんだよ」

迷い、だけで塩に変えられてしまうなんておそろしい話です。

「おばあさまたちってそんなこわい魔法、使えたんだ！」

次の部屋では、魔女と魔女が空で戦う写真や絵や、こわれた城の一部、塩の柱がたくさん展示されていました。どの塩の柱も魔女の形にぽっかり穴があいています。

「わたしはどっちも悪くないような気がするなあ。なんかいやだね。悪いのは、すてきな魔女と、すてきじゃない魔女に勝手にわけた人たちのほうでしょ」

と、スジはいたって冷静な顔で、魔女同士の戦いでつぶれた街灯や穴があいたポストを見つめています。

「そうそう、魔女同士はギスギスしてる、仲よくなれないっていわれるようになったのは、この戦争のせいなんだね」

と、レイはそういいながら、つづいてとなりの展示室に足を進めます。

「でも、魔女同士の戦争は、突然おわるの。それが『ねむれる花』のせい」

町の中心にある日突然、その巨大な花が咲いたとき、人々は最初、とてもよろこんだといいます。大きな花は、うっとりするほどきれいな赤で、心地よいあまいかおりをはなっていたのです。しかし、その花粉を吸った人たちが、つぎつぎにねむりにつき、目を覚まさなくなったせいで、ようやくこれがおそろしいわざわいだとみんなが気づきます。しかし、火をはなとうが、のこぎりで茎を切ろうが、花はびくともしません。それどころか、にょきにょきと枝葉をのばし、ちかづく人を地面に押したおしまつ。そのとき、勇敢に花に立ちむかったのは、すでにユキさんママを生み母親になっていた、若きモモおばあさまを中心とした魔女たちでした。すてきな魔女、すてきじゃない魔女、関係なく、みんなは一致団結し、同じ呪文をとなえ、おのおのが命がけで花に魔力を送りました。長い戦いのすえ、花は石の結界に封じこめられ、ねむっていた人たちは目を覚ましました。人々は魔女に感謝し、これまでの非礼を深くわびたそうです。魔女たちも反省し、塩の柱からかつての敵を救いだし、みんな命を吹きかえしました。その日は、魔女と人々の和解の記念日として「石の花記念日」と名づけられ、毎年その日になると、町では石の花まつりがひらかれるようになります。人々が魔女の仮装をして屋台をひらき、おいしいものをふるまう。魔女はおかえしにおどりや歌でみんなを楽しませる。そんな石の花まつりまであと一週間。

展示物の最後は、ここ石の花町の模型でおわっていました。石の花像を取り囲むようにつくられたバターロールの色をした小さな屋根の群れのなかには、学校も、レイの両親の営むブティックも、スジのお母さんの経営する病院も、グウェンダリンのうらないの館も見つけることができました。

魔女歴史記念館を出ると、こんどはほんものの石の花像が三人の目のまえにそびえています。

それを見あげながら、レイはいいました。

「それから、魔女は黒すぐりの森を出て人間とくらすようになったの。みんな人間のくらしが快適でびっくりして、ぜったいにもとのくらしには戻れないって思ったみたい。魔女同士の争いはおわった。そのときはもうみんなが努力して、すてきな魔女になることに、反対する人はいなくなっていた。ただひとりをのぞいてね」

そういうと、レイは川のむこうの黒すぐりの森を見ました。そこにはマデリンのお城があります。

「マデリンだけは、すてきな魔女になることをこばんだの。それで魔女たちから仲間はずれにされた」

「へえー、かっこいいね！　勇気があるんだね！」

と、マリは感心しました。マリは町でときおり見かけるマデリンを、いつもうらやましく思っていたのです。あんなふうにきたないかっこうのまま、コウモリやカラスをしたがえて、しかめっつらでドスドス歩くのはどんなに気楽なことでしょう。ユキさんママもグウェンダリンママも、マデリンにかかわっちゃダメだとしきりにいうけれど、マリはむかしから話しかけてみたくてしかたありません。

「ううん、それだけじゃない。マデリンは人間のボーイフレンドといっしょにくらすために、禁止されている魔法を使ったんだって、うわさになってるよ。あのころはまだ魔女とそうでない人が結婚するのは許されてなかったもんね」

「へえ、ロマンチックな映画みたいだねえ。あのお城のなかで、そのボーイフレンドはいま、おじいさんになっていっしょにくらしているのかな」

と、スジまで、おかっぱを上下させてうなずいています。レイは愛とか恋とかそんなお話がだいすき。マリはまだ、あんまり興味がありません。自分がそういうことを気にするようになるのはきっと、もっと先だと思っていますが、この先もこのままなんじゃないかという感じもしています。でも、なにかに迷ったらマリはレイに相談するでしょう。

小学校を卒業したら、魔女の子はみんな、ここからとおくはなれた町にある、全寮制の魔女学校に通うのです。魔女の血をひくものであれば、どんなに成績がわるかろうがかならず、入学できます。生まれつき魔女ではない人間の女の子でも魔女をめざすものが増えたため、数年まえに特別わくがつくられました（そもそも魔女も人間なんですけどね）。そちらはよほど頭がよくないと通れない、きびしい試験があります。でも、レイであれば、きっと合格できるでしょう。自分が魔女学校に通うことよりも、ほんものの魔女になったレイを想像するほうが、マリはわくわくします。

石の花像を見あげていたら、ほおをなにかがかすめました。さわってみると、砂つぶのようなものがくっついています。マリが首をかしげていると、

「ゆうべの星くずじゃない？」

と、スジがメガネをずりあげます。スジは天体観測をしていて、星くずに気づいたそうです。同じように見た人がいて、星から火花が散って、朝まで星くずが降り注いでいたことは、もうとっくに町じゅうに広まっていました。

「ううん。これは、星くずじゃなくて、石のかけらじゃないかな。光ってないもん」

と、マリはそういって石の花を見あげました。めずらしく不安で胸がざわざわします。まさかとは思うけど、石の花の表面がポロポロとはがれはじめているのではないでしょうか。たったいま記念館で、レイが話してくれたように、巨大な花はいまも、魔法でつくられた石の結界にとじこめられて、咲きつづけているのですから。もしも、年月を経て、その結界が弱くなっているとしたら——？

「あ、モモおばあさま。こんにちは」

となりに立っていたレイがさっと耳を赤くします。スカートをつまみあげ、腰をかがめる、むかし風のお辞儀をしました。レイの見ている方向に目をやると、魔女歴史記念館の入り口からモモおばあさまが姿をあらわしたところでした。モモおばあさまは、ここの館長をつとめるばかりではなく、町議会の議員や魔女学校の理事、小学校の保護者会長など、あらゆる仕事を引きうけていて、すべて完璧にこなしています。

おまけに、町じゅうの人がなにかこまったことがあるとモモおばあさまに相談しにくるのでいつも大いそがし。しかし、ピリピリしたようすはみじんもありません。「おせっかい魔女」がすきな人は、いまのモモおばあさまを見てもとてもよろこびます。あのかわいいモモは、おばあさんになっても、きれいで、いいかおりがして、なによりもとてもすてきなのですから。ウェーブがかかったラベンダー色の髪、いつもやさしげに結ばれたピンク色のくちびる。でも、丸メガネの奥の緑色の目をのぞきこむと、きりりと鋭くもあります。

「まあまあ、マリが魔女歴史記念館に来るなんてめずらしい。歴史を知るのはとてもいいことね。マリもやっと勉強する気になったのね」

「うん、歴史っていつもねむくなるけど、レイが教えてくれるとすっごくおもしろいよ」

マリがそういうと、モモおばあさまは「まあ、ありがとう、レイ。あなたは勉強熱心で、いつもほんとうにすばらしいわね」とほほえみました。レイはまっ赤になっていいます。なんといっても、モモおばあさまはレイのあこがれの人なのです。

「レイといっしょだったら、魔女学校に入ってから、勉強をがんばれそう」

マリが元気よくいうと、モモおばあさまはいつになくとまどった顔になりました。

「そうね、でも、あの。ごめんなさいね。レイさんは、その……入学資格がないの」

マリもスジもきょとんとして、え？　と顔を見あわせました。モモおばあさまはこまったように口をつぐんでいます。レイが早口でこういい添えました。

「モモおばあさまは、わたしが、生まれたときは男の子だとされていたことを気にされているんだと思う」

「でも、レイは女の子でしょ？」

と、マリはわからなくなって、いいかえしました。だって、イソ先生からそういうふうに教わっています。生まれたときにわりあてられた性別でそのまま生きられるマリのような子と、そうでない子がいる。一年生のとき、マリとレイが親しくなったとき、レイはたしかに髪はみじかく、男の子の服を着ていました。でも、夏やすみがおわると、いまのかっこうをして学校に来たレイが、自分は女の子なんだとうちあけてくれました。モモおばあさまはなにをわけがわからないことをいっているのでしょう。これでは、魔女戦争が起きるまえ、いやいや、そのずっとずっとむかしの話みたいではありませんか。

「ごめんなさいね。魔女学校では、まだ前例がないの。レイさんみたいな子が入学したケースは……」

「レイみたいな魔女だっていっぱいいるじゃん!!」と、マリは反論しました。ほんとうにそのとおりです。生まれたときにわりあてられた性別とはちがう性別で生きる魔女はたくさんいるし、男性の魔女もいます。どちらの性別も選ばない魔女だって大勢います。そのなん人かはとても有名です。

「そのとおりよ。でもそのひとたちの多くは、親族や親が魔女だったりする。レイみたいな人間の子はまだいない。うけ入れる学校もあるけど、みんな外国の学校でまだ数も少ないの」

「でも、そんなのってすごく古いんじゃないの？　モモおばあさまは理事だから、いくらでも規則を変えられるはずじゃん。わたし、そんな学校なら、行きたくない。レイといっしょじゃなきゃ、どうせ楽しくないし。レイが行けないなら、魔女学校なんてきらい！」

　と、マリはモモおばあさまに食ってかかりました。レイは小さな声でやめなよ、といい、こちらのワンピースを引っぱります。そのとき、マリがとっさにひるんだのは、モモおばあさまの目にほんの一瞬、炎が燃えたあと、冬の海の色になったからです。

「レイ、スジ、いこう」

マリはそういって、親友ふたりの手を引っぱって、石の花広場の中央にむかっていきました。ちょっといいすぎたかもしれない、といちどだけふりかえったら、モモおばあさまは記念館の入り口のところに立って、じっとこちらを見ています。風が吹いて、石の花のまわりにたまっていた砂がまいあがり、おばあさまとマリのあいだを見えなくしました。

第3章 コウモリパフェ

なんでたかだか11歳のなんにもできない子どもにあんなことといわれなくちゃいけないんでしょう？

モモおばあさまは、悲しいやらくやしいやらで心がめちゃくちゃになりながら、魔女歴史記念館に併設されたガラス張りの魔女カフェで、コウモリパフェを乱暴につつきまわしています。

このコウモリパフェは、石の花まつりのためにここのコックさんが考えだした期間限定メニューです。いまはまだおためしの段階で、さっそく館長であるモモおばあさまが町のだれよりもはやく、味見をしているというわけです。パフェグラスのなかにはビターチョコレートクリームのうず、巨峰のつぶ、赤すぐり、さくさくのパフ、カシスのシャーベットが盛りつけられ、てっぺんにはコウモリの形のブラックココアクッキーが飾られています。目をひくうえに、味わいはとろけるよう。まずまずの合点ですが、コウモリクッキーにさくっと歯をたてたら、ココアの苦みが胸に広がり、モモおばあさまのひとみから涙がこぼれおちました。

モモおばあさまにはかつて、ジロウというコウモリの親友がいました。

魔女と人間の歩みより計画がはじまったとき、コウモリ、カラス、ヒキガエルは、魔女の相棒ではなくなりました。人間と魔女がいっしょに生きていくためには、人間の目で見たときに「すてきじゃない」とされたものたちは、みんな黒すぐりの森に置いていかれたのです。動物だけじゃなくて魔女も、です。

もうなん十年も口をきいていないあの子もそう――――。

モモおばあさまが12歳のころ、「おせっかい魔女」を書くために取材にきた有名な人間の小説家に、「相棒はコウモリじゃないほうがいいな。かわいい猫に変えられないかな？」といわれたがために、スズお母さまが美しくかしこい白猫のマユミを連れてきました。ジロウは気まずそうに目をふせ、どこかにとんでいってしまい、それっきりです。もちろんマユミがきらいなわけではありません。長い年月をいっしょに生きて、マユミはだいじな親友になり、二年まえに亡くなったとき、モモおばあさまは人しれず声をあげて泣きました。でも、心のなかでは、冗談がすきで生意気でいたずらなジロウを忘れたことはなかったのです。

最近になって、コウモリの形をしたクッキーやチョコレートが若いひとたちのあいだで人気になっています。とくに人々が魔女の仮装をする石の花まつりがちかづくこの時期、町のおかし屋ではコウモリがしを求めて行列ができるほどです。おまつり当日もコウモリを模したチュロスやプレッツェルの屋台がたくさん出店する予定です。

「コウモリにもう、みなさん、抵抗はないようですし、そろそろ、ほんもののコウモリの使い魔がまたみとめられてもいいんじゃないでしょうか？」と町議会でモモおばあさまがひかえめに提案したところ、人間の議員たちから猛反対をうけました。ほんもののコウモリはこわいからダメ、あくまでもおかしの形にとどめておけ、というのです。それなら害はないし、ちょっと変わったものがすきな人によろこばれる。それくらいなら、ちょうどいいと。

人間め……。気づいたら、モモおばあさまはとっくにパフェを食べおえていました。体の中身がぐつぐつ煮えているのは、クリームで胸焼けしているからではありません。人間たちの勝手さはいまもむかしも変わらない。大むかし、モモおばあさまのご先祖さまたちは、魔法を使えるというだけで逮捕され、ぶたれ、火あぶりになったのです。ひどい方法で殺されないために、魔女たちは人間のごきげんをとらざるをえなかったのです。どこまでも無神経な人間のわがままに、モモおばあさまはすべてこたえてきました。生きるため、そしてなにより、スズお母さまがそう望まれたから。魔女が生きのこるためには、人間と手を取りあわなくてはいけない。だからこそ、名門一族の末裔であるモモが、みんなの手本にならなければならない、と、幼いころからいきかせられて育ちました。

そもそもモモは小説に書かれたほどおせっかいではありません。どちらかといえば、人は人、自分は自分というようなマイペースな性格です。だから、あの子とも気があったのです。

むかしの「すてきな魔女」計画は、ここ最近、若い魔女にきびしく批判されています。結局ただ人間にへいこらしただけだったのではないか、じだいおくれのこしぬけな考えかたとか、だいじな仲間を切りすててきたとか、さんざんないわれようをしていることが、耳に入るようになってきました。とくにマリのようなあたらしい世代のあいだで「すてきじゃない魔女」へのあこがれが広がりはじめていることも。

どうしてわたしが責められなきゃいけないの！　モモおばあさまは、両手でひたいを押さえました。うでにあたってパフェグラスがたおれ、とけたシャーベットがだらだらと床に流れおちます。

魔法の力で楽しくなったり、便利になったりするのは大歓迎なくせに、おどろおどろしい呪文やドロドロした液体を煮こむなべはこわいからダメ。おばあさん魔女の知恵は借りたいけど、シワシワ顔でやつれた鉤鼻のおばあさんはダメ。要求はしたいだけしてかなえてもらえないとキーキー大騒ぎするくせに、人間が魔女のためになにかしてくれたことがこれまでただの一回でもあったでしょうか。

思い返してみれば、モモおばあさまの人生とは、ずっとがまんの連続だったのです。こんなふうにあまいものを食べられるようになったのも、おばあさんになって、以前ほど顔かたちに注目されなくなったからです。むかしは、ちょっと太ろうものなら、「すてきじゃない！」の大合唱でした。

その結果がこれです。孫娘にあんな目でさげすまれるなんて。

赤ちゃんのころからかわいくてしかたがなかったマリ。なまけものでへらず口ですが、どんなときでもどっしりかまえているマリには、魔女一族をしょって立てる、たのもしさがあります。そこが、ユキさんとはちがうところです。モモおばあさまはもちろんユキさんのことだって、すきでしかたがないのですが、だいじなひとり娘が魔法をほとんど使えないと知ったときのショックは計りしれません。本人もモモおばあさま以上にそれを気にやんでいるので、強くいうことはできませんでした。スズお母さまなど「わたしの孫が魔法を使えないなんて……」と顔面蒼白になってねこんでしまったくらいです。

グウェンダリンというすばらしい魔女がユキさんと結婚して一族に入ってくれなかったら、モモおばあさまはどれほど肩身がせまかったことでしょう。おそらく、魔女学校の理事になれなかったし、町議会に出入りすることもできなかっただろうと思うのです。グウェンダリンはなにより、魔力が強いだけではなく、モモおばあさまもほれぼれするほど「すてき」です。それも、モモおばあさまや他の魔女のように必死にがんばったすえにすてきになったのではなく、ごくごく自然にふるまうだけで、じゅうぶん人間をひきつけるのです。

そんな母親の長所をマリはじゅうぶんに引きついでいる……はずでした。マリは魔法を使えるようになった年齢もモモおばあさまよりずっとはやいし、生まれつきのカンのよさがあります。それはいいことです。でも、マリは自分がだいすきすぎるのです。自分が楽しいのがいちばんで、人からどう見られるかということにまったく関心がありません。モモおばあさまが若いころには考えられなかったことです。マリはいつもへたくそな歌を大声で歌うか、たくさん食べるか、へんてこなおしゃれをするか、ぐうぐうねているかです。まったくだれのおかげで、あんなふうにのんきに、なにも気にしないでいられると思っているのでしょう。

モモおばあさまは長いため息をつきました。

さっきのマリのことばがココアクッキーの苦みのように胸にずっと残っています。

モモおばあさまだって、レイのことはだいすきです。かしこくて勉強熱心でそれを鼻にかけたりもしない。ほんとうはああいう子にこそ、魔女学校に入学してもらいたいものです。正直、マリよりもずっと魔女にむいているし、だれにもいったことはありませんが、あの子がもうひとりの娘かもうひとりの孫だったらどんなにいいかしら、と想像したこともなんどもあります。

魔女の世界だって古い価値観をすてねばならないことも、モモおばあさまがいちばんよくわかっています。むかし、レイのような生まれたときにわりあてられた性別で生きない人間は差別され、苦しんでいました。それは長く生きてきた魔女であるモモおばあさまに、おおいに理解でき、共感できることです。でも、せまく、おきてを大事にする魔女の世界であたらしいことをはじめるのには、人間の世界でそれをするよりもなん倍もじかんがかかります。たとえば、魔女同士の結婚がみとめられるようになったのは、人間が女同士、男同士で結婚できるようになったずっとあとなんですから。

そもそも、人間の女の子が魔女学校に入学できることはいまはふつうですが、あれだってモモおばあさまが教員や親たちをなん年もかけて説きふせ、ようやく実現したのです。ああ、よく考えれば、これも、人間のため。

マリもレイもなにもわかってくれない、わたしはいつも、こんなに、みんなのために――。

どんどんどん。音がして顔をあげると、目のまえのガラス窓のはるか上のほうを、ホウキにまたがった小さな魔女がノックしています。モモおばあさまが窓を内側からあけると、魔女はこちらを見おろして、こういいました。

「ねえ、そこのおちびさん‼　ここの館長のモモおばあさま、見なかった？　大変なの。すぐに呼んできて！」

　なにをいっているんだろう。首をかしげたとき、ガラス窓に映っている自分に、ようやく気がつきました。そこに立っているのは、子どものころのモモおばあさまです。おせっかい魔女になるずっとずっとまえ、マリやレイよりも四、五歳は年下の、小さな女の子がぶかぶかの黒いドレスをひきずっているではありませんか。

「あの、ええと。わたし……」

　モモ、もといモモおばあさまは、泣きそうになりながら、懸命にごまかそうとしました。だれにもうちあけたことはありませんが、自信を失うと、モモおばあさまはいつもすこしだけ見た目が若くなってしまうのです。娘にもその体質は遺伝していて、だから、いつまでたっても自信がもてないユキさんは、少女のような外見をしているのです。

　失敗を気にやんで、ちょっぴり若くなってしまったそんなとき、モモおばあさまはだれにも会わずなん日も部屋にとじこもります。そして、魔女学校でもらった数々のトロフィー、石の花記念日にえらい人からもらった表彰状、さらに小部屋をまるまる保管庫にあてているほどたくさんある「おせっかい魔女」のファンから届いた応援の手紙に、ゆっくりゆっくり目をとおします。そうすると、だんだんと自信が回復し、外見がもとの年齢にもどるのです。

でも、ここまで若返ってしまったのは、今回がはじめてです。だれかに見つかったら大変。はやくひとりきりにならないといけないのに、その小さな魔女はあいた窓から入ってきて、すとんとカフェの床に着地しました。ホウキをたてにもちなおすと、あたりをぶしつけにながめまわしています。

「モモおばあさまがここにいるって、受付のおじさんにきいたんだけど、どこ？　はやく伝えなきゃ、マリがスジやレイといっしょにマデリンのお城に入っていくのを見たの、わたし。ね、大変なことでしょ。おとなたちに禁止されていることでしょ？　いけないいよね？」

その子はとくいそうに鼻をうごめかしました。マデリンときいて、モモは胸がぎゅっとしめつけられました。目のまえの女の子くらいの年齢まで、モモとマデリンはいつも黒すぐりの森でいっしょに遊んでいたのです。自由でおもしろくて、遊びを思いつく天才のマデリン。でも、いつからかふたりは道で会っても口もきかなくなりました。スズお母さまにそう命じられたからです。なにしろ、かのじょは「すてきじゃない」から。

「ほんとうなの？」

声がふるえてしまいます。マリがマデリンにちかづくことだけはとめなければなりません。マリがマデリンに影響されたら、こんどこそほんとうに取りかえしのつかないことが起きてしまいます。

「そうよ、だから、はやく、モモおばあさまを呼んできてよ、あれ。あんた、見かけない子だね？　どこの子？　魔女、じゃないよね？」

小さな魔女はいぶかしげな顔をしていましたが、すぐにとくいげににやりとわらい、

「わかった、石の花まつりの準備でそんなかっこうをしているのね。魔女にあこがれてる人間のちびっこね。わたしは、ほんものの魔女。めずらしいでしょ。エイミーっていうの」

肩をそびやかし、マントをひらりとさせます。

ああ、この子があのエイミーか！　へえー、とモモは上から下までエイミーをながめました。マリから話はきいています。はじめて会うのに、どこかでこの髪や顔だちに見覚えが……、と思いました。そうそう、エイミーのお母さんやおばあさんは、魔女戦争のとき「すてきじゃない魔女」側で、モモたちとずいぶん長く争ったのです。

「モモおばあさまがいないのなら、もういい。わたし、これからマデリンのお城に侵入して、マリたちがいるところを取り押さえてやるんだから。朝からあの子を水晶で見張っていたかいがあった」

「え、わざわざおやすみの土曜日にまで、水晶でマリを見ているの？」

モモがおどろいていきくと、エイミーはむっとしたようにいいかえします。

「だって、あの子、ぜんぜんすてきになろうとしないじゃない。いつも食べてばっかりで、へそ出てるし……」

「エイミー……じゃなくて、おねえちゃん、マリがきらい？」

モモがそうたずねると、エイミーはびっくりした顔で、まくしたてました。

「なにいってるの。だいすきよ。魔女が魔女をきらうなんてありえない。魔女はとても仲がいいんだから。ほんと。魔女と魔女はいつも助けあって生きてきたんだから」

ははーん。モモはなっとくしました。エイミーは、おそらくお母さんやおばあさんからきつくいいきかせられているのです。そのむかし、魔女同士が戦争をしていたこと、そのせいで魔女同士は仲が悪い、と人間に思われるようになったこと。だから、できるだけ魔女の子とは、仲がよさそうにふるまえ、と命じられているのでしょう。あの家は代々とてもまじめです。

　エイミーはすぐにでも、マデリンのお城にいくといってききません。それならば、モモもついていくしかないでしょう。エイミーとモモはカフェをあとにして、魔女歴史記念館の正面玄関にもどりました。モモおばあさまのハイヒールはモモの小さな体にはぶかぶかで、よろよろとまえに進むのがやっとです。モモはさっそく入り口に立てかけてあった、自分のホウキをとってきて、またがりましたが、一ミリも浮くことができませんでした。当たりまえです。モモが魔法を使えるようになったのは、魔女学校に入学した12歳のときなのですから。

「あ、ホウキ乗ってみたいのね？　いいよ、ついてきても。足手まといにならないようにしてよ。ほら、うしろに乗りなよ」

　そういって、エイミーはホウキにまたがると、すこしだけお尻をまえにずらして、モモのために場所をつくってくれました。エイミーのせなかにつかまると、両足が地面をはなれました。みるみる、魔女歴史記念館が小さくなっていきます。つま先にうんと力を入れていないと、ハイヒールが脱げてしまいそうです。石の花像と同じ高さまで浮き上がったところで、モモはあれっ、とつぶやきました。上からのぞきこむと、石でできた花弁やおしべ、めしべがきらきら光っています。おそらく、昨夜の、星になにかがぶつかった衝撃でこぼれ落ちた星くずのせいでしょう。きれいというより、なんだか、こわいみたいなながめです。石の花はぬめぬめと輝いて生きているように見えましたから。

大むかし、まっ赤な花が大あばれして、人間をねむらせていた景色が胸によみがえり、モモはぶるっと身をふるわせます。

それにしてもエイミーのホウキの乗りかたのへたくそなこと……。あっちにいったりこっちにいったり、高さも安定せず上にいったり下にいったりするので、なかなかまえに進みません。こわれたジェットコースターみたいです。胃がでんぐりがえって、コウモリパフェがのどからせりあがって口からとび出してしまいそう。

でも、この子、悪い子じゃないな、とモモはふいに思いました。なんだか自分の小さかったころみたいです。お母さんのいうことをまもって、期待にこたえようとしているのでしょう。

エイミーのよこ顔はじっさい一生懸命で、汗がうっすらにじんでいます。お友だちの告げ口にやっきになっているいじわるには見えません。せなかはぴんと伸びていて、まっすぐな髪からはまっさらの雪のにおいがしました。

マデリンの大きな城が川のむこうに見えてきました。

第4章

南極と南国

さて、話を一じかんまえにもどします。おばあさまとけんかしたマリはプリプリしていました。円形劇場のステージにどしんとすわり、気球パイを丸かじりしながら、石でできた客席を見まわしています。

「もういいよ、マリ、わたし、気にしてないよ」

とレイはいいました。

「本で読んだことある。魔女の世界って、おきてがいっぱいあって、なにかあたらしいことをはじめるのがすごく大変なんでしょ。じゃあ、しかたないよ」

「ほんと、くだらない！　古くさいし、かたくるしいよ」

「でも、わたし、その魔女の世界のかたくるしい、ルールがいっぱいある感じがすきなんだよね。だから、しょうがない、あきらめるよ」

と、レイはかろやかに肩をすくめます。

「魔女学校にいかなくても、魔女について勉強するのはやめないし、魔女のかっこうもつづけるつもり。だって、わたしにはこのかっこうがいちばん似合うし、すてきな魔女っぽい話しかたやしぐさがわたしのよさを引き立てるんだもん」

　レイはかつてどんな服をまとってもしっくりこない時期がありました。両親のひらくブティックにある子ども服をかたっぱしから身につけて、これでもないこれもちがうと首をかしげていました。似合うものが好きになれなかったり、好きなものが似合わなかったりするのです。

　そんなとき、ふと手にした石の花まつり用の魔女のドレスが心にもからだにもぴったりくることにおどろきました。幼いころから大好きだった「おせっかい魔女」のモモのまねをしてみたら、頭がよくてかっこいい、レイの魅力がいっそう輝くような気がしました。

「だから将来は、魔女よりも魔女にくわしい魔女研究家になるつもり」

レイはそういいますが、マリのきもちはおさまりません。どうして、魔女学校のつまらないルールのせいで、自分の親友が夢をあきらめなきゃいけないのでしょうか。

「レイもああいってることだしいいかげん、ぶっちょうづらやめなよ、マリ。ねえ、石の花まつり当日はどんなステージをやるつもりなの？」

そばにすわっているスジがとりなすようにいいました。そうすると、マリにたちまち笑顔が広がります。

「その日は屋台でたくさん、コウモリのおかしが売られているよね？」

「うん、コウモリの形のオレンジチョコプレッツェルたのしみだよねー」

と、うきうき話すレイ。町じゅうが魔女のかっこうをすることに胸をときめかせる石の花まつりですが、ふだんから魔女姿のレイは、べつのたのしみを見つけているようです。

「ねえ、わたしがステージに立った瞬間、石の花まつりに出ているコウモリのおかしが、いっせいにまっ黒なほんもののコウモリに変わってバサバサッてとび立ったら、どうかな？　みんなびっくりするし、おもしろいと思わない？」

マリがにやりとすると、スジとレイはしばらく顔を見あわせ、キャーッとさけんで、両側からマリにだきつきました。マリったら、なんてゆかいなことを思いつくのでしょう。これだから、ふたりはマリがだいすきなのです。マリはおどかすように両手を広げました。

「みんなが食べようとしているコウモリのチュロスもドーナツもクッキーも、ほんもののコウモリになって、口をヒクヒク、羽をブルブルふるわせるの。石の花広場はまっ黒に染まる。それが四方八方からとんできて、ステージに立つわたしをいっせいに取りまく。わたしの体は完全にコウモリたちに上から下まですっぽり包まれる。みんななにが起きたかとステージにくぎづけ。わたしがギターをかきならすのを合図に、コウモリたちがぱっととび立っていく。すると、衣装替えしたわたしがあらわれるの。髪の色も衣装もまっ黒にする。でも、星くずでメイクして星の形をした色とりどりのアクセサリーをびっしりつけてふだんよりもっと目立っちゃうつもり。あ、マサチカがその日だけはギターに変身してくれるって。ギターを弾きながら、わたしがつくった歌を歌う」

「どんな歌？」

「ナメクジのゲロは長い、っていう歌。まあ、たのしみにしててよ。名曲だから」

マリは自信たっぷりにいい、レイとスジはわはわはとわらいました。

「ただ、ひとつ、問題がある。わたし、ほんもののコウモリを一回もさわったことがないんだ。あの羽がどんなふうにふるえるか、わからない。どんな顔をしているんだっけ。ほんものを頭のなかで、うまくイメージできないと、おかしをコウモリにうまく変えられないかもしれない」

魔法を使うとき、いちばんだいじなのが、こうであったらいい、こうなれ、という景色をできるだけくっきり、まよいなく、思いうかべることです。小さなころ、グウエンダリンママがそう教えてくれました。マリの魔法のパワーがすごいのは、なにかを心のなかで描く力が、この辺のだれよりも強いからです。まるで太いクレヨンを力いっぱい握ってぐいぐい描き進めるように、ほしいものを思いうかべることができます。

「わたしも、ほんもののコウモリの寸法をはかっておきたいな。なん匹集まれば、マリの体がすっぽり隠れるのか、計算しておかなくちゃ。もしかしたら、石の花まつりのコウモリがしをぜんぶあつめても、まだ足りないのかもしれないし……」

スジはマリの丸いおなかやむくむく盛りあがった髪を見つめながら、いいました。

レイは、大むかしの魔女たちと仲よしだったというコウモリにおもいをはせています。

「だったら、マデリンにたのむしかないんじゃない？　あ、ちょうどいいところにいた！」

スジのことばに、マリが目をあげると、ちょうどはるか上の石の花広場をマデリンがよこ切っていくところでした。右の肩にヒキガエルを、左の肩にカラスを、そして、鳥の巣のような頭の上に、コウモリをのせています。きたない大きな袋をひきずっているせいで、歩いたあとは砂ぼこりがもうもうと立っています。それにしても、最近、砂ぼこりがひどい気がします。

「決めた、わたし、話しかけてみる」

そう決めるやいなや、マリはステージを扇の形に取り囲んでいる客席をのぼっていって、マデリンのまえにとび出しました。レイとスジはあわてて追いかけます。

「こんにちは。わたし、魔女のマリです。マデリンさん、そのコウモリにさわらせてくれませんか？」

こんなに近くでマデリンと話すのははじめてです。こうして見ると、マデリンの鷲鼻には、大きなイボがいくつもついています。マリはそれがかっこいいなあ、と見とれました。イボなんてマデリンくらいの魔女であれば魔法ですぐにでも取れるでしょうに、そのままにしているのは、いいイボだと思っているからにちがいありません。頭の上にいる、コウモリは黒いまんまるな目をしていて、黒い傘のように骨が浮き出た羽で、用心深そうに体を守っています。おかしのコウモリより、にくたらしいとがった顔で、小さな悪魔みたい。それがマリの気に入りました。マデリンはこっちの話がぜんぜん頭に入っていないようすで、落ちくぼんだまぶたの下の白っぽいひとみで、マリの顔をまじまじと見ています。

　自分に話しかけるものなどこの町にほぼいないのですから、おどろくのも無理はないのかもしれません。突然、マデリンはひび割れた黄色い長いつめを、にゅっとのばし、マリのまぶたにふれました。スジはひっと息をのみます。マデリンは子どもを食べているというもっぱらのうわさなのです。

「あんた、これは星くずだね」

　と、マデリンは自分の指についた、きらめくつぶを見つめながら、がらがら声でいいました。

「はい、きのう、星から火花が散って、ひと晩じゅう、うちに星くずが降りつづけたんです。スジの家からも見えたらしいです」

「そうかい。川のむこうに住んでいるせいか、ゆうべは気づかなかった。ははあ、どうりでやっとわかったよ。こいつのようすがこのところ、おかしい理由がね」

そして、マデリンは目をほそめて石の花像を見あげ、それからマリに視線をもどしました。そのひとみの奥が、生き生きしていることにマリは気づきました。

「あんたのおばあさんは、あのモモだったね。モモに、町に危険がせまってる、早急に対策が必要、と伝えな」

そういうと、マデリンはきびすを返し、袋をひきずって、歩きだしました。マリは「まってまって」といいながら、小走りで、正面に回りこみます。マリがとおせんぼすると、カラスもカエルもコウモリも、体をびくっとさせます。マデリンはうっとうしそうにいいました。

「あんたねえ、わたしと口をきくなと親からいわれているだろう。ほら、みんなが見ているよ」

ふりかえると、たしかに町の人たちがとおまきにこわごわこちらを見ていますが、そんなこと知ったこっちゃありません。マリはマデリンに夢中でくらいつきます。

「危険ってなんなんですか？　わたし、石の花まつりでは歌を歌う予定なんです。準備だってずっとしているのに。石の花まつりが中止になったらすごくこまる。だから、なんでも教えてください」

魔女同士によくある、ヒントだけ小出しにして、正解をさぐらせるようななぞめいたやりとりが、マリは大の苦手なのです。おばあさん世代ならともかく、こっちはやることがいっぱいあるんですから。

「ふん、モモんちの孫らしいね。みんなをよろこばせるために、ご熱心なことで」

マデリンがいじわるそうにわらうので、マリはむっとしました。

「みんなのためじゃありません。わたしが歌いたいんです。目立ちたいんです。わたしは出たがりなんです。歌だって自分でつくったんだから」

マデリンはしばらくマリを見たあとで、ふんと鼻をならしました。その顔はゆかいそうに輝いています。

「わかったよ。ついてきな。立ち話もなんだからうちまでおいで」

マデリンは、うしろにいるレイとスジにも目をやりながらいいました。レイはびっくりするやら、うれしいやらで、くちびるをふるわせています。レイの目標とするタイプの魔女ではありませんが、すてきになる前の魔女の生態を知るうえでも欠かせない歴史的な存在だし、一匹狼なところもかっこいいと思っています。お母さんやお父さんにはしかられるかもしれませんが、そんなことより、マデリンのお城にあるものを、この目にすっかり焼きつけたい。そのきもちのほうがまさっています。

マリとレイとスジは、マデリンのあとにくっついて、広場をよこぎり、小道に入り、川を越えてお城の前にやってきました。青灰色の岩でできた壁はあちこちがくずれ、クモの巣がかかっていますが、マリたちの通う学校の校舎よりもずっと大きいくらいです。ほそ長いプリンの形をした見あげるばかりの建物のてっぺんには、みっつの塔が王冠の形をなしています。川にかかった跳ね橋を渡り切ると、橋がもちあがってきて、たったいまくぐったばかりの入り口をふさがれてしまいました。もうあともどりはできません。

マデリンは袋を地面に置くと、両手で木の扉のノブをつかんで力いっぱいこちら側に引きました。

次の瞬間、目のまえがまっ白になり、冷たいものがマリの顔に思い切り吹きつけてきました。扉のむこうに広がっていたのは一面の雪景色です。レイとスジがわあっと声をあげました。マデリンがそのかっこうじゃ寒いだろうね、とつぶやき、ちらっとこっちを見るなり、三人はふかふかの裏地がついたコートと帽子を身につけていました。

水色とピンク色の入り混じった空にはオーロラがかかり、それを映した海には巨大な流氷が浮かんでいます。たくさんのペンギンやシロクマがあちこちで思い思いに遊んでいます。マデリンが扉を閉めると、両びらきのドアは吹雪といっしょにさっと消えてしまいました。

「すごい、ここは南極？　それとも北極？」

スジがそうたずねると、マデリンは袋から買ってきたばかりの、びん入りのコーラやアイスクリ

ーム、肉や魚、ワイン、くだもの、バターをせっせと取り出し、足もとの雪にうめていきます。

「ここにはどちらの動物もいるよ。くらしていくのに冷蔵庫が必要なら、いっそ一階に雪があったほうがいいだろう？」

そういって、マデリンはにやりとわらいます。マリはたまらなくなって、雪玉をひとつつくると、スジのせなかにぶつけました。スジがひゃあとさけんで、自分も同じように雪を丸めると、こちらのおなかめがけて当ててきます。レイもすぐに加わり、三人はしばらく、キャアキャア騒ぎながら、雪玉をぶつけあいました。ペンギンたちがこちらに関心をもったようで、ぺたぺたした足取りで集まって、まわりを取りまきました。とおくから見るとぷつくりとおなかの出たかわいいペンギンも、間近だと、コウモリと同じく、にくたらしい真顔をしていて、マリはそこがいいと思いました。

「さあさあ、いいかげん、冷えただろ。そろそろあったまらないと」

マデリンは、雪のなかにたおれこんで手足をバタバタさせて、天使の形を雪の上につくっている子どもたちを見おろして、そういいました。「え、大丈夫だよ！　わたしたちずっとここにいたい」と、マリは口をとがらせました。レイは小さな雪うさぎをつくって、だいじに両手で守っています。

「そうもいかないだろ。かぜをひいたら、わたしがあんたたちの親に悪くいわれるんだからね。さあ、二階に移動するよ」

マデリンがマリたちのせなかをぐいぐい押して、青い琥珀糖のようにすきとおった氷のれんがでできたドームにはいると、こんどはうしろで氷の扉がしまりました。足もとがぐらぐら動いて、すごいいきおいで空間が上昇していくのがわかります。レイとスジとマリがぶつかりあってわらっていると、扉がひらき、こんどは湿気をふくんだ熱風と熟れた果実のかおりが押しよせてきました。そこに広がっていたのは、見渡すかぎりの青空とすきとおった海、そして白い砂浜とヤシの木。とおくにカモメがとんでいて、波のあいまをイルカが跳ねています。ふりむけば、うっそうとしたジャングルで、バナナの木からとびたった大きな鳥たちが赤や緑のつばさをはばたかせています。

いつのまにか、コートや帽子が消え、ひんやり縮こまっていた体がたちまち、ふっくらほどけていきます。レイが手にしていた雪うさぎはあっというまに水になってしまい、レイが悲しそうな声をあげたので、マリはいそいで「命の魔法」を吹きこみました。すると、雪うさぎは白い砂浜にとび出していって、カニやヤドカリのあいだを、ピョンピョン跳ねまわります。マリとスジ、レイのかっこうもいつのまにか、うでや足の出るワンピースに変わっていました。マデリンはアロハシャツにサングラスというごきげんないでたちです。

「こう暑かったり寒かったりすると、代謝がよくなって、年寄りの健康にはいいんだよ。でも、真冬の寒いきせつに家に帰ってきたとき、いきなり、南極だとつらいから、一階と二階はときどき入れ替えたりするし、たまには一階とばして三階にいくときもあるよ」

マデリンがそう説明しながら、指をならすと、リクライニングチェアと虹色のパラソル、そして、ストローがついたココナツの実が、四人分ぽんと砂の上にあらわれました。子どもたちとマデリンはさっそくそこによこたわり、ココナツのジュースを飲みました。雪もいいけど、ひざしってなんていいきもち。目をとじると、まぶたまでうっすらトーストされているみたいです。

「ここの海ではおいしい魚や貝もとれるしね。うしろのジャングルのなかには、天然の温泉も、小さな滝もすんだ滝もあるよ。熟したあまいフルーツもどっさりさ。サルやカバ、ワニなんかもいるよ」

「すごい、このお城があれば、毎日世界旅行しているみたいだね。外に出る必要がないじゃん」

マリがココナツのストローからくちびるをはなしてそういうと、マデリンは心地よさそうに目をとじたようでした。太陽のしたで見るマデリンのイボはいっそう大きくて、ふっくらつやつやしています。

「そのつもりで、わたしは若いころ、ここをつくったんだよ。わたしはひとりで気ままに楽しむのがすきだからねえ」

「じゃあ、マデリンさんがした悪さっていうのは……」

スジがわくわくと目を輝かせてつづきをうながします。マデリンはサングラスをぐっと下ろして、にやりとわらいました。

「そうだよ。わたしは自分のためだけに魔法を使ったんだよ。人間のためじゃない。それも小さな魔法じゃない、超特大のやつ！　自分のもてるすべてを使って、自分のためにこのお城をつくったのさ。だからわたしは毎日楽しいし、いつまでも、とってもしあわせなんだよ」

「マデリンってほんとうに最高だよ。だきついていい？」

マリは思わず、リクライニングチェアから身を起こしました。マデリンはびっくりしたようすでしたが、うんとうなずき、飛びついてきたマリを押しもどしたりはしませんでした。照れくさそうにわらって、軽くぽんぽんとマリの肩をたたき、「ふふ、これでまだぜんぶじゃないよ。じまんの三階も見てもらいたいもんだね」といって、ヤシの木にむかっていきました。マリたちもつづいて、木の根もとにある小さな扉のまえでかがんでエレベーターへ入っていきます。木目調のエレベーターはまったく揺れず、スッと上昇しました。扉が左右にひらくと、紙とインクのかおりがして、レイが歓声をあげました。

南極よりもビーチよりも、そこは広々とした空間です。前後左右、なん十キロにもわたって、タコの足のようにうねうねとくねりながら広がっているのは、なんと、上から下までぎっしり本がつまった棚です。とおくの本棚など、もはや霧や雲で隠れていて見えないほどです。その棚のまえを無人のはしごがいくつも、カラカラと車輪をならしながら、行き来しています。

「どんな本が読みたいか、そのはしごにいえば、ふさわしい場所まで連れていってくれるよ。ここには、どんな本でもあるんだよ。毎日、本は増えているからね、だから、この空間はこうしているいまも宇宙みたいにどんどん広がっているのさ」

読書家のレイとスジは、はやくも近くの本棚のまえにしゃがみこんで動かなくなってしまいました。本ぎらいのマリはうんざりして、ふたりを引っぱりあげようとしました。ふと気づけば、三人ともいつのまにか、お城に足をふみ入れるまえの服装にそれぞれもどっていました。

「ははは、そんなに本がすきなら、いつでもここに来ればいいじゃないか。きょう、あんたたちに見せたいのは、もうひとつの部屋だよ」

マデリンは、スライド式の本棚のひとつを、いきおいよくよこにどかしました。す

ると、そこには、本ではなく、映画館が広がっていました。壁一面のスクリーンいっぱいに映っているのは、マリがひそかに見たいと思っていた、ハロウィンのカボチャおばけが罪もない人間を襲撃する新作ホラー映画です。レイもスジもびっくりして、やっと本から目をあげて、立ちあがりました。本棚がうしろで閉まると、それはごくふつうの映画館で見るような扉に変わりました。

「もっぱら、わたしはここでくつろぐし、ねむっているよ。映画館のにおいっていうのが、むかしからとてもすきでね」

マデリンはそういって、跳ねあげ式のいすのひとつに腰を下ろしました。マリもすぐにとなりに座ります。スジとレイもよこに並びました。

周囲は黒い壁とばかり思っていたら、だんだん目が慣れてくると、映画館の壁という壁にとまり木がめぐらしてあり、そこにコウモリとカラスがびっしりとまっているのがわかります。床にはカエルたちがうずくまっていました。

「おうちに映画館があるなんて最高だねえ」

三匹のカエルがのろのろ運んできたポップコーンを口いっぱいにほおばりながらマリはいいました。バターたっぷりで香ばしくていくらでも食べられそうです。それに、大きな声でしゃべりながら映画を見てもなんにもいわれないなんて、最高。

「そうだろう。むかし、あんたのおばあちゃんのモモもわたしもねえ、『おせっかい魔女』が封切られたとき、映画館で見られなかったのさ。たのしみにしていたんだけどねえ」

「え、モモおばあさまがモデルなのに？　へんなの！」

マリは憤慨してさけびます。

「そうだよ。わたしらが子どものころは、魔女は映画館に入っちゃだめだったんだよ」

「どうして？」

「映画を見るとき、あたりはこんなふうに暗くなるだろう？　暗闇に魔女がいると、もっぱら、人間に悪さをするんじゃないかって、あのころはうわさだったんだよ」

「そんなの根も葉もない偏見じゃん」

あきれてマリはそういいました。マデリンも肩をすくめます。

「そうだよ、だから、わたしはそんなのくだらないと思って、人間とはなるべく関係なく生きていこうと、そのころ決めたのさ。そのほうがどっちにとっても、都合がいいことにちがいないんだからね。同時に、こうも決めたんだよ。将来、映画館を自分の家につくって、きがねなくなんでも見てやろうってね」

マリもスジもレイも夢中で手をたたきました。まるでスクリーンに最高の映画のエンドロールが流れたあとみたいに。

「でも、モモはちがったんだよ。あの子は、ちゃんと人間とかかわって生きていくと決めたんだ」

「そうか、マデリンは、モモおばあちゃんと友だちだったんだね……。おばあちゃんのこと、恨んでる？」

マリがドキドキしながらそうきくと、マデリンはさっぱりといいました。

「恨んでなんかないさ。あの子が人間の役に立つ魔女になることは、あの子が決めたことじゃなく、お母さんの方針だったんだからね。そりゃ、ちょっとはさびしかったけどね。あの子はあの子でりっぱにやっていて、いつもえらいと思ってるよ。ただ、わたしとはやりかたがちがうだけ。わたしはすてきな魔女たちのことをきらってなんかないさ」

他の魔女たちのマデリンへの誤解をときたい。マリは、しゃれこうべをたくさん腰にぶらさげてディスコで踊っているカボチャおばけを見つめながら、強く思います。

次の瞬間、これまでスクリーンに映っていた、踊るカボチャおばけが消えました。代わりに映し出されたのは、なんととなりのクラスのエイミーと、その妹でしょうか、見知らぬ小さな女の子の顔です。

「あ、となりのクラスの……エイミー？　だよね？」と、スジが声をあげました。

マデリンがすぐに教えてくれました。

「これは南国をとんでいるカラスが、いま見ている景色さ。うちに出入りしているカラスやコウモリ、カエルの目玉はこのスクリーンとつながっていてね、この子らが見てるものは、みんなこの映画館で見られるんだよ。こっちは城の外のカラスが見ている景色」

エイミーと女の子はそれぞれ、マデリンのお城の二階の丸窓に頭からはまって動けなくなってしまったようです。ふたりは目のまえに広がる青い海や白い砂浜におどろいているのでしょうか、足をジタバタさせています。レイがぷっと吹きだしてしまい、すまなそうに口を手でおおいました。

「あんたたちの知りあいなら、悪ものではなさそうだけど、わたしは自分のくらしのリズムを乱されるのが苦手なんだよ。カラスたちにいまからここに連れてきてもらって、勝手に入るのはやめてくれっていってきかせよう」

レイとスジとマリはそっと顔を見あわせます。エイミーのような優等生がいったいどうしてそんなことをしたのでしょうか？

「そうそう、あんたたちをここに連れてきた理由を忘れるところだった。これをごらん」

マデリンはふいにとまり木にいたコウモリをひょいとだきよせると、その小さな顔をスクリーンにむけました。コウモリの目が光り、正面のスクリーンに夜空を映し出しました。映写機みたいだな、とレイはおどろき、いい子だね、と手をのばしますが、コウモリはさも迷惑そうに、羽で身を守り、シャーッとひくくうなるだけです。

「こいつは、うちじゃいちばんの古株のじいさんコウモリだよ、このとおりがんこものだよ」

マリはコウモリをじっと見つめます。このコウモリとどこかで会ったような気がするのです。それがどこかはわからないけれども——。

マデリンのお城に出入りするカラスもコウモリもカエルも、真夜中になると、石の花町のあちこちをとび回って、その目玉にあらゆる光景を記録し、なにか変わったことがあれば、このスクリーンに映してくれるのだそうです。

「すごい、マデリンやこの子たちがこの町をパトロールをして守ってくれてるってこと?」

「みんなのためじゃないよ。わたしはね、むかしから、悪趣味でね、人間たちの秘密や嘘を盗み見るのがすきなんだよ」

と、マデリンはすまし顔です。スクリーンには昨夜の満月と星が映っています。星から火花がふきだし、きらきら光る破片が空を銀色に染めています。

「ここ数日、夜空から星くずが降っているだろう。あの星くずが石の花像に降りかかったせいで、大むかし、魔法でつくった結界がとけはじめているのさ。魔法に唯一うち勝てるのは夜空の星だからね。いずれ魔女学校で教わることだけど、これは覚えとくといいよ。マリも、あんまりそんなふうに星くずをゴテゴテ身につけるんじゃないよ。生まれもった魔力が弱くなるからね」

マデリンはまじまじとマリを見て、あっと目を見ひらきました。

「へえ、あんた、その髪の色や目の色は、魔法でやったんだね。星くずを身につけているのに消えてなくならないなんて、あんた相当なもんだよ。さすが、モモの孫だね」

「でもなんで、星くずが空から降ってくるの？　そんなことこれまでなかったんでしょう」

「もしかして、隕石がちかづいているとか？」

と、興味しんしんのスジ。かつて、この町に巨大な花が生まれたのは、直前に隕石が落ちたせいだ、と本で読んでいるのです。

「おや……。これは……。ジロウ、もうすこし、拡大してごらん」

マデリンはコウモリに命じました。月がぐんと大きくなります。最初は月のもようかなと思っていた、手まえにうかびあがる影を見て、マリは息をのみました。ホウキにまたがって夜空にうかんでいるのは、なんとグウェンダリンママです。右手の杖からはビリビリと光る火の玉が発射され、それが夜空の星々に達し、火花が散っているのです。グウェンダリンママは、そうやって砕けてしまうことをまったく気にしていないように、無表情で星を撃ちつづけています。

「え、昨夜の星くずはグウェンダリンママのせいで、それで石の花の魔法がとけてきてるっていうわけ？」

スジはわけがわからないといったようすです。

「本人によくよくたしかめなければいけないけれど、少なくとも昨夜の星くずにかんしては、グウェンダリンの責任だね」

マリはわけがわかりません。いつもいそがしそうで、昨夜も遅くまでうらないのデータを集計していたグウェンダリンママ。わざわざ夜ふけに外出してまで、なんでそんなことをするのでしょう。でも、マリ以上にショックをうけているのはレイです。

あこがれの魔女がどうしてこんな、町のみんなの命を危険にさらすようなことを――。子どもたちがしんとしているので、マデリンはとりなすようにいいました。

「グウェンダリンにもきっと理由があるんだろう。石の花の結界が弱まったからって、べつにこの世のおわりってわけじゃないさ。もういちど、この町の魔女みんなで魔法をかけなおせば問題ない。もうすぐ石の花まつりとかっていうのをやるんだろう。みんなが歌だのおどりだのの練習で広場に集まるときにやれば、ちょうどいいじゃないか」

なーんだ！　それだったら、むしろ楽しそう。お母さんやおばあさん世代の魔女が大きな魔法を使うところを見るチャンスなんてめったにないんですから。すてきな魔女はみんな、人間をちょっとだけ楽しくする小さくてかわいい魔法を惜しみなく使うのをよしとしています。マリはほっと胸をなでおろしました。

「……問題は、むかしのように魔女のみんなが大きな魔法を使えるかどうかなんだけどね」

マデリンはぽつりといい、マリは首をかしげました。そのとき、映画館のうしろの扉がひらき、コウモリやカラスたちに押しだされるようにして、エイミーと小さな女の子がびくびくした顔で入ってきました。マリたちを見ると、エイミーは赤くなってさけびました。

「わたしは理由もなくお城に入ってきたわけじゃありません！　マリたちがマデリンについていくのを見て、心配になったから、ようすを見に来ただけです」

エイミーはいまにも泣きそうなのにつんとあごをそらしています。え、べつにそんなことしてくれなくても大丈夫だよ！　せっかくの土曜日なんだから！　とマリはあわててしまいました。

「ええと、ごめんね、エイミー。迷惑かけて」

と、釈然としないままあやまると、エイミーは、視線をそらしました。マリはふしぎに思って、その顔をのぞきこみましたが、背中をむけられてしまいます。

「あれ、きみ、だあれ？　見かけない子だね」

レイはかがんで、エイミーのよこにいた女の子をのぞきこみます。レイは小さな子にとてもやさしいのです。女の子はびくっとしたようにうつむきました。そのとき、マデリンがさけびました。

「あんた、モモじゃないか。そんな姿になってなにをやってるんだ」

小さな女の子は顔をあげ、目をまん丸くし、逃げようとしましたが、足がもつれてしまい、すぐ尻もちをつきました。

その顔を見て、マリはようやく気がつきました。さっき魔女歴史記念館で見た幼い日のおばあさまの写真に、この子はそっくりです。

第5章 グウェンダリンの秘密

グウェンダリンはずっと寝室のベッドでねています。こんなに長いじかん、なにもしないで過ごすのは、なん年ぶりでしょう。お母さんになるまえ、いえ、魔女学校に入るもっともっとまえ？　星を破壊した罪で水晶と杖とホウキを没収、一ケ月間の魔法の禁止をいい渡します。と、年配の魔女に宣告されて半日がたちました。いつのころからでしょう。人間の未来が正確に見えてしまうことが、苦しくてたまらなくなっていたのは。

グウェンダリンの水晶のなかには毎日いろんな人の、このお話ではとても描けないような最低最悪の未来が映ります。善良な人がとんでもなく悲しく、みじめな目にあいます。グウェンダリンにできるのは、それを避けるアイデアを、できるだけこわがらせない形でお客さんに伝えることだけです。夜はハーブティーを飲んではやめにねむるといいですよ、定期的に病院に検診にいくといいですよ、だれそれに会わないようにすると運気があがりますよ、とか。仕事で大失敗しますよ、五年後に死にますよ、毒を飲まされますよ、なんてだれがいえるでしょう。

告白のあと、魔女たちはみんなおどろきと軽蔑の目で自分を見ていました。マリだけはちょっと驚いていたもののすぐにケラケラしていつもどおりですが、ユキさんママなど、ショックで口もきけないようすです。このうらないの館だって、もしかすると閉店しないといけなくなるかもしれません。だけど、どこかでほっとしてもいます。

きのうの夜、町役場で緊急でひらかれた魔女会議に、モモおばあさまが出席しなかったことはベテラン魔女たちを動揺させました。なにか起きたら、いつだって、完璧なリーダーになるモモおばあさま。こんなだいじなときにいないなんてこと、いままでいちどだってなかったのです。

「おばあさまは具合が悪くて、ねています。おばあさまが元気になるまで、かわりにわたしがリーダーをつとめます」

そういって、胸をはったのは、どういうわけかマリでした。なんであんな小さな子が、と場はざわざわしていますが、議長席にすわってモモおばあさまのマントと帽子を身につけたマリは、なんだか楽しそうでさえあります。

「おばあさまからは以下の伝言を預かってます。石の花像に星くずがこぼれたせいで、魔法の結界がくずれている。早急に、結界をはりなおすこと、だそうです。あした日曜日、午後の石の花まつりのリハーサルに、それをあてましょう」

すると、魔女たちから口々に疑問の声があがります。

「ちょっとまってちょうだい。どうして、いまになって星くずが？」

「あのときは、隕石が落ちてきたのがきっかけだったけど、いまはそんなことないでしょう」

「ええと、星くずが降ってきたのは、その……。ある魔女が星を撃ったからなんです」

マリが口ごもりながらそういうと、こんどはどよめきが起きました。

「いったいそれはだれなの？」

「どうして、そんなことしたの？」

マリはちょっとこまったように、前方を指さしました。みんながおどろいていっせいにグウェンダリンを見つめます。町でいちばんすばらしい魔女が、なんと実の娘によって告発されたのです。みんな息をのんで、かのじょのことばをまちました。

「星くずが魔力を弱めるということを、軽く考えていました。もうしわけありません」

しばらくしてから、グウェンダリンはひくい声でいうと、立ちあがり、深々と頭をさげました。

「ねるまえに星を撃つと、心と頭がとてもすっきりして、よくねむれるんです。たくさんの人間の未来をうらなうと、頭がぐるぐる、カッカして、いつまでたってもねむくならないんです。実はもう、ずっとちゃんとねむれていなくて」

ほんとうにそうでした。いつのころからか、ベッドでよこになると、お店にやってきたお客さんたちの暗い未来が暗闇につぎつぎにうかぶようになりました。

不幸を避けるアドバイスならしてもいいが、未来を決定的に変えてはいけない、それはうらないのおきて。それに背いてでも、目のまえの人間を救うべきなのではないかという不安で息が苦しくなります。最低の魔女であるような気がしてきます。町のみんなをだましている。思えばずっとそうでした。小さなころから、みんなはグウェンダリンを優秀だ、かしこいとほめそやします。でも、それはみんなのなん十倍もがんばって、ようやく目立つ程度。マリのように勉強ぎらいで気ままに過ごしているのに、特大の魔法を使えるとか、なにげなくいったことで、同級生をひきつけるとか、そんな芸当はとてもできません。そもそも、うらないが自分にむいているとか楽しいと思ったことは、いちどもありません。うらないはグウェンダリンがつかえる魔法の中でもっともよろこばれるものでした。みんな不安をかかえて生きているから、たしかなものをできるだけ傷つかないかたちで教えてほしいのです。

でも、本当に役に立っているといえるのでしょうか。

わたしはみんなをあざむいている。となりでだいすきなユキさんがあたたかな寝息をたてながらスヤスヤとねていること、そして布団からふんわりとお日さまとラベンダーのポプリのにおいがすること、壁のむこうには愛する娘と使い魔の猫がねていることが、なんだかズルいことのように思われます。そうやってずっとねないでいると、窓の外の星が気になってきます。きらきらした夜空にむしょうに腹が立ってくるのです。最初は、ちょっとしたいたずらのきもちでした。ベッドを抜けだして、ホウキで空高くにとんでいき、一回だけとおくの星を撃ちました。自分の杖からはなたれた熱い火の玉が、流れ星のような線をすうっと光らせて、はるかとおくの星をばりんと砕いたときの手応えは忘れられません。さっきまでの悩みが、夜空にとけていくような気がしました。

星くずを浴びたので、心配になって、その晩はよくお風呂で体を洗ってからねむりにつきましたが、翌日もちゃんと魔法は使えたし、むしろ体調はいいくらいでした。自分の魔法は星を浴びても弱まらない、とグウェンダリンはすこしとくいになりました。だれにもいえない秘密は、濃厚でにがいチョコレートをポケットにひそませているようなものです。星を撃った翌日は、不安が消え、仕事がおもしろいようにはかどりました。星を撃つ夜が増えるうちに、町を歩いているときに、道のはじに星くずがきらきら輝いているのに気づくようになりましたが、なるべく目に入れないようにしていました。町の魔女の健康にも影響はないように見えましたし、なによりいっしょに住んでいるマリはぴんぴんしていましたから。星が魔法を弱めるなんて大むかしの迷信、迷信。

いま、議長席にすわっている娘は、ふしぎそうにこちらを見ています。

どの魔女もなにもいいませんでした。

グウェンダリンは立ちあがると、黙って会議室を出ていきました。ユキさんがあわててあとにつづきました。

寝室のドアをノックする音がしました。グウェンダリンが「どうぞ」とつぶやくと、ユキさんがえんりょがちにガラスのコップがのったお盆をもって立っていました。

「はちみつと体によいお花のたっぷり入ったホットワイン。その、よければ……」

そういって、あたたかなコップをこちらに差し出します。ふつうホットワインは赤ワインでつくりますが、ユキさんは白ワインでつくります。両手でうけとると、とうめいなお酒のなかでカミツレや月見草や白菊の花がふんわりと咲くようにほどけていきました。それはまるで小さな水槽のようでした。

若い読者のみなさんにはピンとこないかもしれないですが、お酒って体質に合えばとてもおいしくて、心がささくれたときに飲むと、リラックスするものなんですよ。大人になったらためしてみてください。

　ユキさんはベッドのすみにすわると、しずかに切りだしました。

「ごめんなさい。わたし、ちゃんとわかってなかった。あなたにとって、そんなに仕事がストレスだったなんて」

　ストレスときいて、グウェンダリンは動揺しました。ストレス？　このグウェンダリンがストレスを感じているっていうの？　すてきな魔女はストレスなんて感じてはいけません。すてきな魔女は、どんな危機や困難をまえにしても動揺せず、最良の策を一瞬で思いつき、すずしい顔で、杖ひとふりで解決するものです。これでは、これでは――、自分が弱い人間みたいではないですか！　ユキさんは、こちらの心臓がドキドキバクバクしているのにまったく気づかないように、こうつづけました。

「グウェンダリンはやさしいから、人間の不幸が見えすぎてしまうことがつらいんじゃないの？　自分になんとかできるんじゃないか、なんとかするべきなんじゃないかって、自分を責めてしまうんだよね。でもね、どの人の不幸もグウェンのせいではないの。あのね、わたし、まえから考えていたことがあるの。うらないの仕事を半分にへらしたらどうかな？」

「そんなことしたら、わたしたち、くらしていけなくなる」

そっけなく、グウェンダリンは返します。土曜も日曜も関係なく働いていますが、家計は楽とはいえません。これからマリが大きくなり、魔女学校に通うようになれば、学費はもちろん、マントや杖、辞書や教科書、クリスマス王国での冬合宿費用など、お金はどんどんかかるようになるのです。

「だから、完全予約制にして料金をもっとあげるの。グウェンのうらないなら、高くてもいいっていう人たくさんいると思う。はっきりいっていまは安すぎ。実はね、スジちゃんがお客さんの数を四分の一以下にしぼっても、採算があうような料金表をつくってくれたの」

グウェンダリンはびっくりしてユキさんを見ました。スジとそんな話をしていたなんて、はじめて耳にすることです。いまのうらない料金はたしかにマフィン一個分くらいのとても安いもので、どんなお客さんでも並んでさえくれれば、かならずうらなってあげるようにしています。だから、グウェンダリンの店にみんな殺到するわけです。あの人数が四分の一にへったらどんなにきもちは楽になることでしょう。

でも、いきなり料金をあげたら、常連さんはなんていうだろう――。もう、グウェンダリンをすてきとは思わなくなるんじゃないでしょうか。それがいちばんこわいことです。だって、お金を効率よくかせごうという姿勢は、すてきな魔女にいちばんふさわしくないものです。そのむかし、魔女はぜったいにお金をうけとってはいけないというルールがありました。お金のかわりに、人間からのちょっとしたプレゼント、お花とかやさしいことばとかおさがりのスカートなんかで満足しなければいけなかったじだいもあるのです。すてきな魔女は、ぜいたくや名声や便利なくらしなんて興味ありませんって顔で、森でとれるものでスープを手づくりしたり、おばあさん魔女からゆずりうけたドレスやなんかでサラッと身ぎれいにしたりして、すてきにくらさなければなりません。そんなことよりも、人間がしあわせになれるように、自分はそっちのけにして、がんばるのがよしとされていたし、いまだってあまり変わらない気がします。

「わたしはグウェンダリンにはすてきな魔女より、しあわせな魔女になってほしいの。だって、わたしのたいせつな妻だもの」

そういって、ユキさんはこちらの手をぎゅっと握りました。しあわせ、ということばにグウェンダリンはどきんとしました。出あったときと同じ、あたたかな手です。いつもいいにおいがして、魔女にはめずらしい血のめぐりがいい体と現実的な知恵をもっている、そしてだれよりもやさしい女の子。まずしい家庭で両親ともあまり仲がよくなかったグウェンダリンは、魔女学校でユキさんにはじめて会ったときから、だいすきになり、ずっと夢中だったのです。名門一族で愛されて育ったユキさんに、ふりむいてもらえたときはとてもうれしかった。こんなすてきな魔女といっしょにいるのに、どうして自分はしあわせではないのでしょう。

ユキさんは熱心にいいました。

「考えがあるの。実は、まえからずっと計画していたことなの。わたし、この家を改装して、お弁当屋さんをやろうと思うの。わたしの料理、とても評判がいいの。去年の石の花まつりでのガレット屋台、行列ができたの覚えているでしょう?」

ふつう、石の花まつりで魔女は歌やおどりや魔法を披露するものですが、そのどれもできないユキさんは、人間と同じように屋台を出店したのです。グウェンダリンはもちろん、モモおばあさまもはじをかくだけでは、と心配しました。しかし、ユキさんのガレット屋さんは大評判。こんがり焼いたきつね色のそば粉の生地に、黒すぐりの森でとれたすぐりのジャムのデザートガレット、きのこのバター炒めをチーズやハムといっしょにくるくる巻いたごはんガレットは、おまつりのいちばんの目玉になりました。

「グウェンは、わたしとマリを養わなければいけないって責任を感じすぎているんだよ。でも、わたしだって、グウェンを支えたい。その力だって、ある。たよってほしい」

ユキさんは光るひとみでそういいました。それはいま、グウェンダリンがいちばん直視したくない、夜空の星のようです。思わず、かぼそい声でつぶやきます。

「あなた、魔法つかえないじゃない。魔法つかえない相手に助けてもらうなんて、なんかはずかしい……」

いってしまってすぐ、しまったと思いました。

「わたしのこと、そんなふうに思っていたの？」

グウェンダリンがとりなそうとすると、ユキさんはすっと立ちあがり、こちらに顔を見せないようにして、部屋を出ていきました。ドアがばたんと閉まる音がします。

どうしよう。仕事も信頼も失ったばかりではなく、いちばんたいせつな妻まで傷つけてしまったのです。なにもかもがんばってきたのに、いったい自分はいつどこでまちがってしまったのでしょう。グウェンダリンは頭をかかえ、すすり泣きました。ホットワインの花は、お酒がなくなったせいで、しおれて小さくなっています。

そういえば、朝からずっと部屋がしずかです。マリはどこにいったのでしょう。

そのとき、床と壁が大きく揺れ、とおくのほうで爆発音がしました。石の花広場の方向です。

第6章 すてきの代償

話を20分まえにもどします。日曜日。昼過ぎになると、広場の石の花像のまわりには、ぞくぞくと魔女たちが集まってきました。おばあさん魔女、おばさん魔女、おねえさん魔女、ちび魔女、赤ちゃん魔女。この町に住む１０３人の魔女が集まるのは、すごいながめです。

あ、いけない、まちがえました。１０３人ではありません。99人でした。モモおばあさまとマデリン、グウェンダリンとユキさんは出席していないので。

石の花像にはいま、立ち入り禁止の看板とロープが厳重にはりめぐらされています。

まだなにも知らされていない町の人からしたら、工事中かなにかのように見えるかもしれません。表むきは、これから魔女たちの歌とおどりのリハーサルということなので、足をとめる人がさっきから増えています。カメラを構えている人もおおぜいいます。

あと一週間でおまつり本番なので、気のはやいことですが、いくつか屋台も出はじめています。サンドイッチやコウモリドーナツ、フライドチキンやビールの専門店など。ここまでおいしそうなにおいが漂ってきます。

魔女歴史記念館の屋根の上にすわって、マリとレイとスジは足をぶらぶらさせながら、それをながめています。

「みんな、動揺してるよ、モモおばあさまもグウェンダリンさんもこんなときにいないなんて……」

レイは深いため息をつきました。じっと見おろしていると、どの魔女もみんな不安そうです。18歳以上、すなわち、魔女学校の卒業資格をもつ魔女だけが、いまから「石の魔法」を使って「ねむれる花」を封印しなおすわけですが、そんな強力なパワーを必要とする魔法、この数十年、町ではだれもやったことがないのですから。おまけにみんなのお手本である、モモおばあさまもグウェンダリンもいない。そんなわけで、ねむれる花との戦いや魔女戦争に参加したベテラン魔女たちまでが、古い魔術書を引っぱりだして、自信なさげに「これでいいんだっけ？」「むかしはどうしたっけ？」とコソコソ話しあっています。

「まさか、あのグウェンダリンさんがこんな騒動をひきおこすなんてねー」

思わず、レイはそういってしまい、スジにひじでつつかれてしまいました。あ、傷つけちゃったかな、とマリをちらっと見ましたが、

「まあ、そういうこともあるんじゃないの？　だれにでも失敗はあるでしょ。グウェンダリンママはいままでみんなの役に立ってきたんだから、たまの失敗くらい大目にみてもらったっていいんじゃないのかな。悪気はなかったんだし」

と、マリは平気な顔です。さすがにレイも、もうちょっとすまなそうにするべきなんじゃないか、と思い、イラッとしました。お母さんのしでかした失敗を娘の自分ががんばって、なんとかもとにもどそうというようすがマリにはまったくないのです。

おまけにきょうのマリの髪はまっ赤で目はエメラルドのようなすきとおった緑色。それにそろえたのか、大きな花柄のドレスにぴかぴかのカチューシャをあわせ、いつも

より目立っているくらいです。

魔女じゃない自分がいうのもおかしな話ですが、魔女の本を読むかぎり、魔女は血や絆といったものをだいじにし、一族のはじや罪は若いものがすすんで背負い、償っていくのが、よいとされているではありませんか。

それなのに、マリはのんきに「ナメクジのゲロは長い」なんて自分でつくった歌を、ふんふんと口ずさんでいます。まさかとは思うけど、このごにおよんで石の花まつりで自分が目立つことだけを考えているんじゃないだろうな――。

レイがグウェンダリンにあこがれているのは、町じゅうみんなが知っていることです。だから、レイははずかしくていたたまれません。いってみれば、星を撃ったのはグウェンダリンではなく自分であるようなきもち。みんなを危険にさらしたもうしわけなさでいっぱいです。同時に、グウェンダリンにたいして、怒りのきもちが湧いてきます。

完璧な人だからすきだったのに！　あこがれていたじかんを返してよ――。

「グウェンダリンママがおやすみの日に朝からねているなんてはじめて。グウェンダリンママはいつもいそがしそうなんだもん。もっとこんな日が増えればいいのになあ。

家族三人でダラダラ過ごして、昼までねて、朝ごはんと昼ごはんを同時に食べるのが、わたしの夢なんだ。一ヶ月もうらないをおやすみできるなんて夢みたいだよ」

マリの声はとても大きいので、広場に立っていたおばあさん魔女のひとりがいやそうな顔でこちらを見あげました。レイははらはらしっぱなし。でも、ちょっとだけマリがかわいそうになりました。レイのお母さんとお父さんは土日はちゃんと休むし、なにより、同じくらい働いていても、マリの家よりずっとお金もちです。レイはえんりょがちにいいました。

「でもさ、マリ、あのさ。グウェンダリンさんのせいで、花が目覚めかけているわけで」

「え？　だって、いまから結界をはりなおせばすむ話なんでしょ？」

マリは楽しそうにいって、石の花像を指さします。魔女たちが手を取りあい、花のまわりで輪になりました。いよいよ儀式のはじまりです。

広場はしんと静まりかえります。魔女たちはいっせいに目をつむり、声をそろえて歌いはじめました。

――ねむれ、ねむれよ、赤い花。そのまま、目覚めず、石になれ。

ゆっくりと左回りに魔女たちが歩きはじめます。

魔女たちのくちびるからはなたれた石の歌はそのまま、タバコの煙を吐きだしたときのような、灰色のほそい煙になってあたりをもやもやと漂い、石の花像に次第にからみつきはじめます。スジとマリはすごーい、といって手をたたきます。広場に集まった人たちからも、感嘆のため息と拍手がわき起こります。

――ねむれ、ねむれよ、赤い花。

あちこちから集まってきた灰色の煙はじわじわと像全体をおおいはじめます。やがて、像をすっぽり包んだ煙は、たくさんのうずをつくりながら、もくもくと勝手に大きくなっていきました。それはあっという間に空まで届き、青空に広がり、関係ない雲たちまでつぎつぎに引き寄せはじめました。やがて、空全体が曇りはじめます。

巨大な竜巻が一本、灰色の空と石の花広場を結んでいるような光景です。

魔女たちは目をあけ、それぞれ手をほどくと、煙におおわれた石の花像から、音もなくはなれていきます。興味しんしんといった顔でそれをながめている人の輪は大きくなっていく一方です。

「しばらくしたら、あの煙が石に変わるんだね。すごい、わたしこんなに大きな魔法、この町で見たことないよ」

マリはもう興奮しっぱなしです。マデリンと自分以外でこんなに大きな魔法を使う魔女にまだ会ったことがなかったのです。魔女たちも安堵したように像を見あげ、それぞれ視線をかわしたり、汗をぬぐったりしていた、そのときです。

どん、と爆発音がして、広場全体が左右に大きく揺れました。そこにいた全員の耳はきいんとして、いっしゅんなにもきこえなくなりました。

砂まじりの爆風が顔をたたきました。レイとスジが屋根から転げ落ちそうになったので、マリはとっさに、ふたりのせなかに鳩の羽を生やして、宙にうかせました。

どれくらいじかんがたったでしょう。広場は砂漠のようで、もはや、石だたみもステージもよく見えません。砂をかぶった魔女も人間も、だれもが、目の前がぼやけてよろけたり、咳きこんだりしています。もうもうとしていた砂ぼこりが落ちついて、やっとみんなの視界が晴れた、と思ったら、広場のまんなかから石の花像が消えていました。かわりに毒々しい緑の茎と葉、まっ赤な花弁をギラギラ輝かせた巨大な花が一輪、天にむかって咲きほこっているではありませんか。

マリは息をのみました。

「あぶない、みんな、口と鼻をおおって！　その花のにおいをぜったいにかいじゃだめ」

広場にいる人たちにむかってそうさけび、マリはあわててホウキにまたがると屋根からぱっととび立ちます。小さな子たちのなかにはねむれる花の歴史を知らない子もたくさんいるのです。じっさい、きょとんとした顔つきで、花にちかづこうとしている小さな子がなん人もいます。

「花粉を吸ったら、みんな目が覚めなくなっちゃう！」

空からそうさけんで、広場上空をぐるぐる回ります。マリの声は砂ぼこりに邪魔されてなかなか届きません。遠まきにこれまでの流れを見守っていた人たちが、こっちに押しよせてきます。ああ、間に合わない、どうしたら。

とうとう、ホウキに乗ったマリは花の手まえまでやってきてしまいました。ねむれる花の花弁や葉はうねうねとやすみなく動いて、こちらを誘うように、あまいかおりをはなっています。なんだか、マリまで引きこまれてとろとろとねむくなってしまいそう――。

鼻先をさっとなにかがかすめました。目のまえで分厚く透明なガラスが、シャッターのように上空からおりてきて、花とマリを一瞬でへだてました。かおりは消え、マリの意識は途端にしゃっきりします。ホウキから広場を見おろすと、そこにいたのは杖を手にし、足をひらいてしっかり石だたみをふみしめているマデリンです。

マデリンがたったいま「守る魔法」を使って、巨大なガラスのびんで花全体をおおったのです。マデリンのとなりには小さなモモ、そして、自転車にふたり乗りしているユキさんママとグウェンダリンママがいました。

「あぶないところだったね。花粉を吸った人間は、まだいないようだね。魔女のみんな、はやく、人間たちを、小さな子から順に避難させてくれ」

マデリンはひたいの汗をぬぐいながら、やっとこちらを見あげました。それをきいて周囲の魔女たちがあわててすぐにこの場をはなれるよう、人々に大きな声で伝えます。マリくらいの子どもたちやその親たちは足早に立ち去りましたが、みんなことの成り行きが気になるのか、魔女と多くのおとなは残っています。

「すごいね、マデリン。わたし、こんなすごい魔法見たことないよ」

マリはホウキから広場におり立つと、空までつづく、ガラスびんでおおわれた赤い花を見あげます。

「まあ、急場しのぎだね。ガラスじゃそう長くもたない。すぐに次の手を考えないと。このにくらしい花はすぐにこんなへボガラス、突きやぶるよ。すぐに対策が必要だよ」

マデリンはきびしい目で花を見あげますが、マリは正直なところ楽しくてしかたがありません。マデリンの映画館で見たカボチャおばけの映画の何千倍も面白いじゃありませんか。

マデリンがいるおかげで、これ以上みんなに危険が及ばないとわかっているせいか、きらきら光る粉に守られた赤い花がきれいだな、とさえ思えてきました。マデリンはふうと息をはくと、となりにいたモモを頼もしそうに見やりました。

「実は、わが家の映画館でずっと広場のようすをこのモモと見張っていたのさ。モモがいちはやく異変に気づいたおかげで、すぐにとんでこられたよ」

モモはモモで、照れくさそうに、肩にとまったおじいさんコウモリをあごを引いて見つめます。あ、いつかのコウモリ。そう、マデリンの城の映画館で見かけた、どこか見覚えのあった、おじいさんコウモリです。

「それは、わたしじゃなくて、この子のおかげ。この子が、広場をずっと監視してくれていたの。ジロウっていうの。むかし、わたしとジロウは親友だったのよ」

へえ、モモおばあさまの相棒といえば「おせっかい魔女」のころから白猫のマユミというイメージなのに。マリは目を丸くします。あ、と声が出ました。やっと気づきました。そうだった。たしか、むかし、ユキさんママが見せてくれた一族のアルバムで、子どもじだいのモモおばあさまの肩にこのコウモリがとまっている写真を見たことがあるのです。

「よろしくね、ジロウ」

マリはにやっとしましたが、ジロウはいじわるそうに目をぎょろりと回しただけです。

そういえば、自分の相棒のマサチカはどこにいったのでしょう。いくらなんでもこんなときくらいそばにいてもいいようなものですが、そういえば朝から姿が見えません。まあ、いまはそれどころじゃないけれど。

「マデリンのお城、とても居心地がいいの。しばらくはあそこでくらすつもり。みんなにはうまくいっておいてね」

モモが小さな声で耳うちしてきます。そのとき、マリは気がつきました。おちびだったはずのモモがいつの間にか、ちょっぴり大きくなって、マリと同じくらいの背丈になっているではありませんか。

マデリンは周囲の魔女たちにもきこえるように、こうつづけます。

「モモとジロウのおかげもある。だけど、マリの母さんたちが、爆発音をきくと同時に自転車でとんできてくれて、合流してくれたのも助かったよ。年寄りじゃとっさにこんな知恵は働かないよ。ガラスのびんを花にかぶせるなんてよく思いついたね。さすがだよ、ええと……」

すぐに、グウェンダリンが自転車のうしろからおりて、マデリンにむき合いましたいだったから……。急にひらめいて」

「グウェンダリンです。さっき、ユキがつくってくれたホットワインが小さな水槽みたいだったから……。急にひらめいて」

自転車にまたがったままのユキさんに、グウェンダリンはふいに、長い髪を揺らしてぺこりと頭をさげます。

「ユキ、さっきはごめん。あなたを傷つけるようなこといって」

「いいの。わたしが魔法を使えないのはほんとうだし」

ユキさんママは小さな声でいって、赤くなって目をふせました。グウェンダリンはユキさんの手をぎゅっと握りしめます。

「ううん。あなたはわたしなんかより、ずっとすごい魔法使いだよ。さっき爆発の音がしたとき、わたしはマリにもしものことがあったら、と思ったら、頭がまっ白になって体が動かなかった。でも、あなたはすぐにわたしを引っぱって自転車にとび乗った。あなたは自分のきもちを形にできる。わたしにはできないすごい魔法」

ユキさんのなかでずっと冷たくこわばっていたものが、グウェンダリンのことばでとけていくのがわかりました。みじめだった魔女学校じだいも、まわりの期待にそえなくてひとりで泣いていた夜も、ぜんぶぜんぶ、とおくに消えていくようです。

「それに、自転車って意外とはやいんだね。忘れてた」

グウェンダリンが照れくさそうにそういうと、ユキさんは思わず吹きだしてしまいました。

マリにはなんのことやらさっぱりわからず、ふたりの顔を見くらべます。魔女学校じだい、ユキさんは、グウェンダリンを自転車のうしろに乗せて通学したり、放課後遊びにいったりしていたのです。ホウキの上からの景色しか知らないグウェンダリンにとって、人間と同じ目の高さで走るのは新鮮なことでした。

グウェンダリンは大きく息を吸い込むと、魔女や町の人たちにむかって、こうさけびました。

「みなさん、きいてください！　こんなことになったのもぜんぶ、わたしの責任なんです！　わたしが星を撃ったりしたから、花が目覚めてしまったんです！　ほんとうにごめんなさい」

完璧な魔女、グウェンダリンの告白は人々をびっくりさせました。みんな、とっさになんのことかわからず、ざわざわしています。この町いちばんの優秀なうらない魔女がなんでそんなことしたの？

「グウェンダリンは悪くない。あんなおおぜいの未来を毎日毎日見ていたら、だれだって心を病むさ。魔女にだって心はあるんだからね」

と、マデリンは節くれだった大きな手で、グウェンダリンの肩をそっとだきよせます。

「それにしても、どうして魔女さんたちの石の魔法が、花にきかなかったんだろう」

いつの間にか、マリのとなりにいたスジが首をかしげます。せなかの羽はもうとっくに消えていました。

「いいにくいんだがね、ええと」

マデリンがもごもごといい、それっきり、気まずそうに黙りこんでしまいました。

「いい、わたしがかわりに説明する。マデリン」

そういって、すっと進み出たのはモモです。よく通る声でこうつづけました。

「さっきの石の魔法がきかなかったのには理由があります。わたしたちの魔法がこの数十年で弱くなったからです」

「もしかして、あれ、『おせっかい魔女・モモ』じゃないの?」

と、人だかりのなかのだれかがさけびました。そうだ、そうだ、とみんなが口々にいいます。

「そうだよ、あの子、ほんとうはモモおばあさまだよ。わたし、あの子をホウキでマデリンのお城まで運んだんだから‼ どういうわけか、モモおばあさまが子どもになってしまったの。それを秘密にするために、マデリンがお城にかくまってるよ!」

そうさけんだのは、エイミーです。モモおばあさまがもとにもどるまではぜったいにだれにもいわないことと、マデリンにきつく口どめされたのに、興奮のあまり忘れてしまったようです。エイミーはみんなが自分に注目しているのがうれしくてしかたがないようでピョンピョンと跳ねています。そばにいるおばあさんやお母さんがたしなめるのも、もう耳に入らないみたい。

「そうです。わたしはモモです。いまはもう魔法が使えない、ただの子ども魔女になってしまいましたが」

モモはいたって落ちついています。広場はしんとして、小さな魔女の次のことばをまっています。

「魔法が弱くなったのにはわけがあります。それはわたしたち魔女が、すてきな魔女になることを選んだからです。人間に殺されず、生きのびるために」

「まってください。すてきな魔女って『弱い』魔女ってことなんですか?」

若い魔女のひとりが動揺したようにたずねました。生まれたときから親や先生にすてきな魔女になるようにきつくいいきかせられていたのに、そりゃないよ、というきもちが顔つきにありありとあらわれています。モモはおごそかに説明しました。

「いいですか。すてきな魔女っていうのは、人間の願いをかなえる魔女。つまり、自分の心よりも、人間の心を優先することが求められます。でも、マデリンがいま使ったような――、強い魔法を使うには、まず、魔女自身が心に強いイメージをもっていないとだめ。心のなかにどれだけ強く、自分がこうなりたい、これがほしい、こうであれ、という像を迷いなくうかべられるかなの。無から有を生みだす力、それが強い魔法の正体なの」

魔女たちが不安そうにざわざわしています。ユキさんも例外ではなく、うなだれました。ほんとうにそのとおりです。ユキさんは小さいころから、自信がなく周囲に気をつかう性格で、自分がどうしたいかいつもよくわからなかったのです。でも、いまなら——？　いまならちがうんじゃないのかな？　ユキさんは体にめらめらと熱が広がっていくのを感じます。愛するグウェンダリンをしあわせにしたい。支えたい。そのきもちはグウェンダリンが魔法を剝奪されたきのうの魔女会議から、ユキさんの人生にかつていちどもなかったビジョンをもたらしています。

モモおばあさまは悲しそうに首をよこにふりました。

「わたしたち……。わたしは自分の願いをそんなに強く、もう思いうかべられないんです。そもそも、自分の本来の願いがなんなのかもよくわからない。長いこと、人間の願いに寄りそいすぎたからです。魔法は使えますが、あらかじめあるものの形をすこしだけ変えたり、小さな手助けをしたりするようなことしかできない。ゼロからはなにも生めないんです。わたしは自信を失ったせいで、体も若くなってしまった。いま、この花から町を守れる魔女は、ふたりしかいません。ここにいるマデリンとマリです」

みんな、マリとマデリンをいっせいに見つめます。

エイミーはくやしさとうらやましさで、顔が青くなったり、赤くなったりしています。ちょっとまって、いいかげんにしてよ、というきもちです。みんなにみとめられるために勉強も魔法も一生懸命がんばってきたのに、その教えがまちがっていた、と急にいわれたのです。なにそれ、じゃあ、マリみたいにすき勝手して食いしん坊でなまけていたほうがよかったってことなの？　ずるくない？

まいったな――。みんなの視線を浴び、マリはこまってしまって、肩を丸め、うつむきました。となりのマデリンは決まり悪そうに、口笛をふいてごまかしています。自分がマデリンと同じくらい力のある魔女？　この町を守る力があるの？　そんなわけありません。そもそも、石の魔法なんてマリもまだ使ったことがありません。マリはみんなにキャアキャアいわれることをいつも求めてきました。でも、こうした注目のされかたは望んでいないのです。マリの願いは、石の花まつりのステージで、コウモリに囲まれてナメクジの歌を歌うこと、それだけなのに。みんなのヒーローなんて荷が重いし、魔女の手本みたいになるのも、どう考えてもしっくりしません。みんなに見つめられれば見つめられるほど、元気がなくなり、まっ赤な髪の毛先が、ちゃ色にもどっていくのがわかりました。ドレスから花のもようまで消えていきます。

「わたしだって、すてきな魔女なんていやだった。むかしっからなんか変だと思ってたよ！」

そう騒ぎはじめたのは、ことし魔女学校を卒業したばかりの、同じうらない通りに住むウメさんです。女性男性どちらの性別もしっくりこないウメさんは、黒いワンピースやスカートではなく、ゆるやかなデニムとTシャツを好むのですが、「すてきな魔女らしくない」とたいそう不評なのです。いまは宅配便の仕事をしていますが、ホウキで暴走してはよくしかられています。

「くだらない、お母さんやおばあちゃんたちの押しつけだよ！」

ウメさんの声をきっかけに、そうだそうだ、とおねえさん魔女たちが口々にさけびます。

「じだい遅れなんだよ、すてきな魔女なんて。人間に媚びてるだけじゃない！」

「せっかく魔法が使えるのに、どうしてこんなに毎日、仕事や勉強ばっかりで遊ぶじかんもお金もないわけ？」

ウメさんがいきなりホウキをひざにぶつけてたたき割りました。おばさん魔女やおばあさん魔女はあわてて取りおさえようとします。

「まってくれ。俺たちはすてきにしろ、なんていちどだってたのんでないぞ！　勝手に気をつかわれた結果、危険にさらされて、こっちはいい迷惑だ」

そういったのは、グウェンダリンのうらないの常連である、薬屋のおじさんです。このおじさんは実はあと一年以内に毒きのこにあたって苦しむ運命からどうがんばってものがれられないのですが、彼はそれを知りません。

「そうですよ。すてきより、強さがだいじですよ。実はまえから僕もそう思っていたんです」

砂まみれになってさけんでいるもうひとりのおじさんは、よくよく見てみれば、町長さんのようです。モモおばあさまにいつもめんどうなことを押しつけ、自分は楽ばかりしていると評判です。それを合図に、町の人たちは口々に勝手なことをいいはじめます。

「いやいや、すてきでいることも、強い魔法が使えることも、どっちもやるべきでしょ。魔女なんだから」

「そうそう、すてきなだけの魔女たちはなまけている！　すてきで、強くあるべきだよ！　うん」

「いやいや、すてき、なんてそもそも古いんじゃないの？　これからは、強い魔女のじだいだよ、ね」

「そうだ。これからの新じだいのヒーローはマリだ。俺たちの救世主は、すてきじゃない魔女、マリだ！」

「マリ、町を救って！」

「マーリ！　マーリ！　マーリ！」

「すてきじゃない魔女、ばんざい！」

町の人たちのいうことはあっちにいったり、こっちにいったり。マリはもうなにがなんだか、わかりません。頭のなかがぐるぐるして、息が苦しくなってしまいそう。

　みんなの視線が集まっていることも、みんなが自分の名まえを呼んでいることも、なんだか悪い夢をみているみたい――。朝ごはんのフレンチトーストをもどしそうになって、マリは思わず、石の花を守るガラスに手をつきます。マデリンがいったとおり、あんがい薄いガラスです。

まずい、このままじゃ、ゲロを吐いちゃう。元気にならなきゃ、元気になる魔法――？　なにか元気になれることを思いうかべなきゃ。ああ、でもゲロ出そう――。

えっ。ゲロ⁉

「うるさーい」

そのとき、どなってマリのまえにとび出してきたのは、なんとレイです。

「すてきな魔女のいったい、なにがいけないの？　わたしたち人間は、すてきな魔女からたくさん、しあわせをもらっていたじゃない？　すてきな魔女のおかげでわたしたち、毎日楽しかったじゃない？　それをぜんぶなかったことにするの？　すてきってすごいことだよ！」

すてきな魔女そのものといったいでたちの女の子は怒りで全身ブルブルふるえています。いつもいい子のレイがこんなふうに大声を出すなんて考えられないことです。

マリもみんなも、呆気にとられて、レイを見つめています。

レイは「男の子」という性に違和感があった時期、自分で自分がよくわからなくて、毎日不安でした。いつももやもやしていました。そんなとき図書館で出あった「おせっかい魔女・モモにおまかせ」の物語がレイを励ましました。人間だらけの町にたったひとりやってきた魔女のモモが、もちまえの明るさと勇気で、周囲と進んでかかわり、わかってくれる仲間を増やしていくようすはまぶしく思えました。それでやっと自分のもやもやしたきもちをまわりにうちあけました。親も先生も友だちも、レイの話をよくきいてくれ、レイが自分の性別どおりに生活できるよう助けてくれました。こんなことならもっとはやく話せばよかった。そう思ったのをよく覚えています。

「モモおばあさまやグウェンダリンさんの力で、みんないい感じにやっていたじゃない。みんな、魔女さんたちの力に頼っておいて、尊敬するきもちがないのはおかしいよ！　なにかあったらこんなふうに責めるのも卑怯だよ！」

　モモはただ、レイのうしろに立って、そのことばにじっと耳をかたむけていました。きのう、モモはレイのような女の子は、魔女学校に迎えいれられない、とひどいことをいってしまったのに、レイは魔女のことを理解し、それどころか、みんなのまえでかばってくれているのです。

　いったい、自分はなにを守ろうとして、なにをこわがっていたのでしょう。モモがほんとうに優先したいことは――。小さなころから心から望んできたことは――。

一連のやりとりをずっと黙って見ていたマデリンもとうとう杖をふりあげます。

「そうだよ、あんたら、みんな、すてきな魔女にあれだけ世話になっといて、よくそんなひどいことがいえたもんだね！　モモはだれよりもよくがんばって、子どものころからみんなに尽くしてきたじゃないか。みんなが遊んでいるときも、勉強や仕事をしていたよ。わたしがそれをいちばんよくわかっているよ。だいたい、あんたたちね、グウェンダリンみたいに毎日毎日、町じゅうの人間のうらないをタダみたいな値段でやってみなって！　星を撃つどころじゃすまないくらい、心を病むよ！」

若い魔女もおばさんやおばあさんの魔女も、マデリンの演説に胸をうたれています。

マデリンはすてきじゃないからきっと悪い魔女、マデリンと仲よくしたら仲間はずれになっちゃう。そんな決めつけが横行し、いつしかマデリンを無視してもなんの罪悪感も覚えないようになっていました。

でも、マデリンがかつていちどでも、自分たちを傷つけたり、迷惑をかけたりしたことがあったでしょうか。いつも自分のペースで、お城でひとりくらしてきただけなのです。ひどい扱いをしてきたのに、マデリンはこうして自分たちのために町を守ってくれているのです。

さっきまでマリの名を呼んでいたおとなたちは気まずそうにおしだまりました。

ふいにスジが前方を指さしました。

「ねえ、あれ、なんだと思う？」

みんな、いっせいにふりかえりました。

うらない通りいっぱいに広がって、ポストや街灯やベンチを破壊しながら、うねうねぐにゃぐにゃと胴体を前後にくねらせ、広場めがけて進んでくるそれは、斑点をうかべた巨大なナメクジでした。

ナメクジの通ったあとは、びっしょりと粘液で濡れています。

第7章

魔法だけが魔法じゃない

お話はいよいよクライマックスですが、ここでちょっと休けいしましょう。

みなさんはナメクジをちゃんと見たことがありますか？　ナメクジは揺れるふたつの触角の先に小さな目玉があって、全身がしっとり濡れています。色はどす黒いけれど、半分すきとおっている。ぱっと見、手足はなくて、ただ、うねうねとくねりながら胴体だけでまえに進むしかない。ナメクジは殻をもたない貝のような軟体動物で、そのままでは、かわいた陸地ではくらせません。だからみずから粘液を出して体をべたべたにしているのです。花壇や道なんかでナメクジにばったり出くわすと、ちょっとびっくりしますよね。きもち悪い、と感じる人もいるかもしれません。でも、ナメクジだってよくよくみれば足だって口だってあるし、臓器も備えている。わたしたちと同じ、懸命に生きている生き物なんですよ。べつにこわがらせようと思って、わざとうねうねしているわけではありません。

もし、朝、目が覚めたとき、自分がナメクジだったら、だれだってうねうねしながらまえに進むしか、なくなりますよね。

さて、そんないじらしいナメクジですが、学校の校舎くらいの大きさになって、車や街灯やはち植えをなぎたおしながら、進んできたら、みんなどうするでしょう。石の花町の人たちは悲鳴をあげながら、四方八方に逃げていきました。ナメクジはのろのろのたくりながら、広場にいた人々をけちらしていきます。

マデリンとマリとモモ、グウェンダリンとユキさん、レイとスジは、手をつないで走り、すりばち型の底になっているかっこうの、円形劇場のステージの舞台袖に逃げこみました。

「ああ、まさか、マリ……これはあなたがやったことなの?」

ユキさんは泣きそうになって、娘の肩を両手で押さえます。

「ごめん。だって」

　マリの目はうつろで、顔つきもなんだかぼんやりしています。なにかがへんだ、と、みんながようやく、気がつきはじめました。

「町の人たちがいろいろいうから、なにがなんだか、よくわからなくなってきて——。だから、自分で自分に魔法をかけようと思ったんだ。いちばん、元気がでる景色を思いうかべようとして。石の花まつりで歌う歌について考えていたの」

　マリはグウェンダリンのひざに頭をもたせると、劇場の底から広い空を見あげています。人々の悲鳴がきこえ、ナメクジの粘液が石だたみのすきまからこぼれ落ち、じとじととこの円形劇場の座席をも濡らしはじめていました。ときおり、うごめく触角

の先端の目玉が、このステージをのぞきこみます。そうこうしているあいだにも、ナメクジが、花を守っているガラスに体当たりして、突きやぶったらと思うと、そこにいるだれもが気が気ではありません。

レイもスジもなんだか心に曇り空が広がるように不安になってきます。いつもの自信まんまんなマリはどこにいったのでしょう。そのとき、気がつきました。マリはいつもやりたいことがはっきりしていること、心のなかに明確なイメージがあること。それによってまわりにいる自分たちも、元気や勇気をもらっていたことを。そのとき、ステージにつやつやした黒い毛並みのまえ足がひっかかり、つづいて、マサチカの顔がぴょこんとのぞきました。

「マリの歌詞のとおりだと、このあと、あのナメクジは大量の緑色のゲロを吐くことになるよ！　自分の体の大きさと同じ量だけ。広場も劇場もゲロで水没するね。べたべたでとびきりくさいやつ」

ユキさんは気絶しそうになってよろけ、グウェンダリンの肩につかまりました。マサチカはとてもうれしそう。人間や魔女が恐怖でみっともなく取り乱しているのはもちろんのこと、みんなが自分に注目し、真剣に自分のことばに耳をかたむけているのですから。

「マリが毎晩、練習しているからね、内容はばっちり覚えてるのさ。さっき、僕が屋根にのぼって小説の構想にふけっていたら、通りの幅いっぱいにナメクジがビタビタ這いまわっているじゃないか。屋根の高さで触角の目とこっちの目があったんだからね、おどろいて屋根から落っこちそうになったよ」

「……うらない通りの幅と、マリの家の高さってどれくらいだっけ」

スジはすかさず、マサチカをだきあげ、肩にのせました。

「ざっと8メートルかける5メートルってとこかな？」

スジは両手の親指と人差し指でフレームをつくって、はるか上の広場の半分をしめているナメクジを見つめました。つづいて、リュックサックからじょうぎとコンパスを取り出して、なにかぶつぶついいながら、ノートに計算式などを書きつけていきます。マサチカは肩越しにそれをのぞきこみました。

マリとちがって、飲みこみがはやく、落ちついたこの女の子は、マサチカのお気に入りです。こんなふうにマリともぽんぽん会話をかわせたらいいんですけどね。

「じゃあ、ナメクジの体積と同じだけの塩は……、体長20メートルとして重さに換算すると、およそ、９６０トンてところか。マリ、マデリンお願い、魔法で塩を出せる？　９６０トン」

「数字でいわれてもうまく思いうかべられないよ。わたしは魔女学校を中退したくらい、勉強が苦手なんだからね」

マデリンがこまったようにいい、肩をすくめました。スジはしばらく考えて、こう切りかえしました。

「それじゃあ、これならどうかな。石の花広場の石だたみが残らず見えなくなって、雪が降った朝みたいになるくらいの、塩を出して。足もとがふかふかになるくらいの塩っていえばいい？」

マデリンはほう、という顔をしました。

「うん、それなら思いうかべられるよ。マリもやれるかい？　わたしはさっきの『守る魔法』のせいで、あんまり力が残ってないんだ。すまないけど、がんばっても、スジの必要とする塩の量の5分の1ってところだね」

「うん、やってみるよ……」

マリは自信なさげにいい、よろよろと起きあがります。顔はまっ青で、目からは光が消えています。ユキさんママは泣きそうになって、娘のせなかを支えます。

「じゃあ、ふたりが『塩の魔法』を使うあいだ、わたしがナメクジのおとりになってじかんをかせぐ」

レイはそういうと、グウェンダリンがとめるのもきかず、マントをはためかせ座席をかけのぼっていきます。

「あっ、レイ、ナメクジはビールがすきだよ！」

スジはレイのせなかにむかって大声をはりあげました。レイは「りょうかい」と返して、広場のすみに立ち並ぶ、屋台の一軒一軒をのぞきこみます。いま、ナメクジはこちらにお尻をむけていました。屋台の店主たちはもうとうに逃げ出してしまいましたが、フライドチキンとビールを扱う店のがらんとした調理台のよこに、肩にかけるベルトがついたビールサーバーを発見しました。レイはすぐにビールサーバーをランドセルのように背負うと、「おおい、こっちこっち」とさけびながら、抽出機のグリップを握り、ビールをナメクジのお尻に噴射しました。ナメクジがのろのろふりかえったので、レイはその口めがけて、すかさずビールを注ぎこみます。ナメクジはおいしそうに泡をなめ、触角の先の目玉をレイにむけます。粘液がどろっとレイの髪に落ちてきました。

レイは走り出しました。走って走って走りました。

上品できちんとしていて、勇気があって、ピンチになっても落ちついて、ベストな行動がとれる。それがレイの信じてきた「すてき」です。であれば、いまの自分は最高にすてきではないでしょうか。

もう魔女学校には入れなくてもいい。心に描いたことを現実にできるのが魔女なら、自分だってりっぱな魔女です。

レイはふりむいて、もういちど、ナメクジにビールを噴射します。黄金色の放物線が広場に虹のようにかかりました。

次の瞬間、広場はまぶしい光で満たされました。視界がまっ白になって、レイはビールサーバーごと、尻もちをつきました。お尻を石だたみにしたたか打ちつけるかと思ったら、あれ、痛くない。それどころか、なんだかふんわりしています。

顔をあげると、目のまえのナメクジがあとかたもなく消えているではありませんか。そこに広がっていたのはマデリンのお城の一階にあるような、一面の雪景色、ではなく塩景色です。まったく冷たくはありません。どこもかしこもきらきらと青白く輝いて、もしかすると、雪よりも美しいのかもしれません。塩はひとつぶひとつぶが、まるでダイヤモンドのような結晶なのですから。レイは、理科の授業で顕微鏡をのぞきこんだことを思い出しました。見まわすと、そこらじゅうにいるみんなが塩をかぶって、髪までまっ白です。

円形劇場から、同じく塩だらけのスジが息を切らせて、かけあがってきました。

「ナメクジに塩をかけると、とけるってよくいうけど、それはちがう。塩がかかった分、浸透圧の原理で、体内の水分を外に出しながら縮むだけ。だから、体積と同じ分量だけ、塩をかければこのとおり」

　そういうと、スジは、あたりを見まわし、ふいに走りだしました。やがて、塩のなかで小さくなっているナメクジを指でつまみあげました。触角がうねうねして、斑点が散っている、さっきまでたしかに広場の半分を占めていた、あの巨大だったナメクジでした。

　ようやく、広場のあちこちから歓声があがります。モモの肩につかまって、円形劇場からここまでたどり着いたマデリンはよろけ、塩のなかにどたっと座りこみました。マリはたったいまの塩の魔法で、すべての力を使いきったのか、紙のような白い顔でグウェンダリンのうでにだかれています。ユキさんは心配そうに娘の顔をのぞきこんでいました。

　マデリンもマリも、別人のように弱り切って、息も絶え絶えになっているのです。

　スジは友だちが心配なあまり、一瞬だけ頭のなかがごたごたになりましたが、マリがこんなにがんばってくれたのだからしっかりしよう、とメガネの塩を払いのけ、声をはりあげます。

「みなさん、きいてください。わたしの計画はこうです。この広場をプールにして、塩をぜんぶとかしてしまう。そしてその塩水を花をおおうガラスびんのなかに移動させる。そうやって、花を塩で固めてしまう。理科の実験で塩の彫刻をみんなでつくったことがあるんです。水と塩をコップにいれて、一週間かわかせばいい。塩はかならず結晶化するから、塩の成分同士がくっついて、やがては大きなかたまりになるんです。そうですよね？　イソ先生」

しばらくすると、担任のイソ先生がおでこに塩をきらきら光らせて、とび出してきました。

「スジさん、よく覚えててくれましたね！　授業をやってたかいがあった！」

イソ先生が涙ぐんでいるのは、目に入った塩のせいばかりではありません。正直な話、マリみたいな魔女を教えていると自信をなくすことも多いのです、もはや子どもたちのほうがぐんぐん先に進んでいて、自分に教えられることなんかあるんだろうか、と毎日、悩むことも多い先生にとって、いまのスジのことばは救いです。

「花がはじめてこの町に咲いたとき、燃やしても、水をかけても、のこぎりで切ってもぜんぶだめだったの。塩なんかで守れるかしら」

モモはそれでもまだ、心配そうにいいました。あれ――。目をむけただれもがおどろきました。モモはいつのまにかすらりと背がのびて、もはや、元気がないマデリンよりもずっと大きいくらい。もうおねえさんといってもいい年齢に見えました。

「でも、花は塩に弱いはずだよね、ユキさん？」

突然、スジにそうきかれて、ユキさんはとまどった顔をします。おおぜいのまえで意見を求められたことなどこれまでいちどもないのです。でも、そうです。ユキさんママは、お花を育てることも、そのお花を使ったお料理もとくいでした。

「そうね、塩水を花壇にかけたら、花はみんな枯れてしまう。花も塩漬けにすると水分が抜けて、保存がきくようになるのよ」

「あ、そうか、塩の柱をやろうとしているんだね！」

レイはスジの話をだれよりもはやく飲みこんで、ぱっと目を輝かせました。

「むかし、魔女たちは戦争のとき、裏切りものの魔女を塩の柱に変えていたんでしょ？」

ベテラン魔女たちは気まずそうに顔を見あわせました。それはいま、いちばんいわれたくないことです。とくにエイミーの家のおばあさんたちは、もうしわけなさそうに、もじもじしています。しかし、スジはその人たちにむかって、謙虚な顔つきで、こうたのみました。

「お願いです。みなさん、あのときのことを思い出して、塩の柱をつくってください。それももっと大きくて太いやつ。石の魔法はもう必要ない。『風の魔法』で、塩水をかわかすだけでいい」

するど、小さな魔女たちがわあっと声をあげます。風の魔法だったら、まだ学校に通っていない子ども魔女でも使える、ごく簡単な魔法です。そこにある空気を動かすだけでいいのですから。竜巻は無理でも、そよ風くらいだったら、スズおばあさまのような足腰の弱いおばあさん魔女でも、わけなく起こせるでしょう。

「無から有を生みだすのは無理でも、塩はマリとマデリンのおかげで、もうこれだけあるんだもの。あとは、わたしたちが、塩をとかして、ガラスのなかに注ぎます。そんなわけで、風で塩の柱をかわかす作業だけ、魔女さんたちにお願いしてもいいですか」

町のおとなたちはスジのお願いのしかたにおどろいていました。だれひとりとして敵をつくらず、いうことがわかりやすく、毅然としていることといったら。これなら町長さんよりずっとリーダーにふさわしいのではないでしょうか。みんながザワザワとささやきあっているので、当の町長さんはいたたまれないきもちで小さくなっています。

「おねがい。魔女さんたち、力を貸して」

と、レイもつづいてぺこりと頭をさげます。モモもすぐに立ちあがりました。

「みなさん、お願いします。こんどこそ、人間と魔女がほんとうの意味で協力して平等になるときです。みんな、やりましょう。この町を守るために」

あれあれ、モモは見るたびに年をとっていくみたい。身長ばかりか髪までのびているような――。

モモのこのことばに、グウェンダリンははっとしていました。

もしかしたら、だれかひとりが無理に背負わなくてもいいのかもしれません。みんなでちょっとずつできることを分担しあえば。でも、そのためにはつらいときに助けてといえる勇気が必要なのかもしれない。グウェンダリンはずっと自分には勇気があるとばかり思っていましたが、ほんとうに強いのは、できないことをちゃんとことばにできる魔女なのではないでしょうか。

「塩の柱のなかの花か。なるほどね、やってみる価値はあるんじゃないかねえ」

マデリンはうつろな声でいいました。もともと落ちくぼんだまぶたは半分くらいさがって、いまにもくっつきそう。塩にやられてか、なんだか梅干しのように全身まで縮んで見えます。

「心のなかで思い描いたことをすぐに形にできるのが魔女なら、スジも魔女かもしれないね……」

グウェンダリンのうでのなかでマリがかすれた声でそうつぶやくと、スジはにやっとわらってふりかえりました。

「マリ、うれしいけど、わたしは魔女じゃないよ。ただの天才だね」

第8章 きょうはみんなの記念日

二週間後。そんなわけで石の花まつりあらため、塩の花まつりは予定より大幅に遅れて無事開催されました。

当日、マリは髪もひとみもまっ黒にして、黒ずくめのドレスを身にまといました。星空を思わせるアイシャドウに、ラメの入った口紅、流れ星のアクセサリーをじゃらじゃらたくさんつけていて、いままででいちばんはなやかです。おめかしマリはたくさんのコウモリに守られて、ふわふわ浮きながら拍手とともにステージに登場しました。もちろん、魔法のコウモリではなく、マデリンの家でくらすほんもののコウモリたちです。

　こうして客席を見まわしても、コウモリ、カラス、カエルがなん十年かぶりに使い魔としてうけ入れられたせいで、町じゅういたるところが光沢のある黒やぬめぬめした緑でいろどられています。きいきい、かあかあ、ゲロゲロとにぎやかです。

　町のみんなも、巨大ナメクジにくらべればかわいいものだと、わずか数日ですっかり慣れてしまいました。そうそう、みんなをふるえあがらせたナメクジは、ピーフケと名づけられ、いま、スジの部屋のピクルスのびんで飼われています。

　わずかなじかんで多くのことが変わりました。魔女にきちんとお金を払う同一賃金法が町議会で可決され、魔女たちは以前のように働きづめに働くということはありません。こうしておまつりを見まわしてみても、相変わらず黒いドレスに帽子をかぶったすてきな魔女もいるけれど、マデリンのように髪がぼさぼさのすてきじゃない魔女もいるし、すてきなわけでもすてきじゃないわけでもない、ごくごく平凡な、人間と見分けのつかない魔女もいます。きょうは人々が魔女のかっこうをしているせいもあって、そのせいか、なんだか急に魔女の数が増えたような感じです。それもこれも、スジのすばらしいリーダーシップが町で評判になり、町長さんが「それにひきかえ」

と、つめたい視線にさらされたせいです。あわてた町長さんはしゃかりきにがんばり、たくさんの法案を一気にとおしてしまいました。

年が明けたらこの町の名も正式に「塩の花町」に変わるんだそうです。

マリのがんばりで町が救われたこと、そして、魔女の権利がみとめられたことで、客席は最初、マリに頼もしげな視線をむけていましたが、いざ歌がはじまると、びみょうな空気になりました。

ナメクジのゲロは長い
みんな知らない秘密のゲロ
頭からしっぽまでみっしりつまった
緑色のドロドロのくさいゲロ
ゲロを浴びたら、みんな大変だよ
オエーと吐いたら、ナメクジが二匹いるみたい

——下品な歌詞だなあ。韻もふんでいないじゃないか。

マリのうでのなかで、ギターに化けてつめで乱暴にひっかきまわされ、いたがゆくてたまらないマサチカは、この舞台よはやくおわれ、と思っています。でも、歌うマリは、うっとりとしていて、お客さんのうんざり顔など目に入りません。

この瞬間を永久に心に刻みつけておきたい、と頭のてっぺんから足先までマリはよろこびでビリビリふるえています。ああ、生きててよかった。おまつりがある町に生まれてよかった。自分が自分でよかった。

広場中央のきらきら青白く輝く塩の柱のなかに、赤い花がぼんやりと透けてみえます。秋のひざしをうけて、それはとてもきれいです。いつまた、花が目覚めるともかぎりませんが、そのときも、みんなで知恵を出しあえばきっと大丈夫。なによりも、あたらしい観光スポットとして大人気で、おまつりは例年よりもずっと大盛況です。

広場をまっ白にしていた塩は、町の人たちの手で集められ塩水となって、一週間かけて、びんのなかに移動されました。トラクター五台が稼働したばかりではなく、町じゅうの人がホウキとチリトリをもってやってきて、重機のゆきとどかないところまでよくそうじしたおかげで、根こそぎ、塩をかき集めることができました。円形劇場にビニール布がはられ、巨大な簡易プールが誕生しました。すべての塩と水が注ぎこまれました。やがてできたどろどろの塩水は、長い長いホースで吸いあげられ、そのすべてがねむれる花がとじこめられたびんのなかに収まったのです。塩水を注ぎこんだあとは、魔女たちが集まり、風の魔法でかわかし、塩の結晶化をはやめました。そして、ベテラン魔女だけであらたに結界をはりなおします。そのあいだにも、風の魔法で塩の柱はどんどん強固になっていきました。このアイデアを出したスジは、先ほどおまつりの開会式で町長から表彰されました。

　みんなが塩の柱をつくっていたそのあいだ、マリはなにをしていたかって？

　すっかりつかれ果てて、マデリンの城の二階の南国で、マデリンといっしょにただ、ハンモックでぐうぐうねて過ごしていたのです。昼も夜もただよこになってくらし、八日目の朝、ようやく、おなかがすいて目を覚ましました。そこで、ユキさんママはたっぷりとごちそうをつくりました。

　あつあつアップルパイにきのことひき肉のラザニア、黒すぐりのバターサンドに、目玉焼きのスパゲティ、チーズが溶岩みたいに流れ出すミートローフにマッシュポテト、栗とエビのピラフ、肉団子とカリフラワーのクリーム煮。マリもマデリンもむしやむしゃむしゃ、ひたすら口いっぱいにおいしい味を詰めこみました。食べるたびに、皮膚や髪はうるおいを取りもどし、体はまあるくふくらんでいき、ひとみには光がもどってくるようでした。

「ああ、おいしかった。ユキさんママのごはんはいつも最高」

八日ぶりにマリが発したことばはこうでした。グウェンダリンママはほっとしてマリをだきしめました。たっぷり食べてひと回り大きくなったマリはゴムまりのようにつやつや、うでのなかでころんころんと跳ねています。

「やっぱり、いっぱいねて食べるのが、いちばんすきみたい」

グウェンダリンママもユキさんママもほっとしました。世界を救えるようなすごいパワーをもつ女の子だけど、いまはみんなの役になんて立たなくていい。こんなふうに、のびのびしていてほしいと思うのです。

「二週間まえにあんな事件があったのに、ちょっと不謹慎な歌じゃないかな?」

マリの歌を聴いて、町長さんがこまったようにいいましたが、その声は途中で飲みこまれました。町長さんのくちびるがナメクジになったのです。とびきり上等なマン

トを着たモモおばあさまのとなりで、マデリンが杖をふってゲラゲラわらっています。

プレッツェルやドーナツ、フランクフルト。屋台からはおいしそうなにおいが漂い、どこも大行列。なんといってもいちばん人気はユキさんの石の花タコスと花のホットワインの店でしょう。ユキさんのよこにはグウェンダリンが寄りそい、ふたりで調理やお客さんの相手をしています。魔女も町の人たちも、もうだれもグウェンダリンを責めていませんが、魔法の禁止期間の延長を申し出たのはグウェンダリン本人でした。魔女学校を出てからきょうまで働きづめに働いてきたのです。生まれてはじめての愛する人とただいっしょに過ごす日々は、グウェンダリンの心をおだやかに満たしました。

なにより、ユキさんのごはんはおもしろいように売れ、同一賃金法のおかげもあって、うらないよりもたくさんのお金を集めることができそうです。クリスマスからはじまるお弁当屋さんもきっと大盛況になることでしょう。そうなると、グウェンダリンはうらないのお客さんたちに再会する日がまちどおしくなってもくるのです。もしかすると、自分は案外、仕事が好きなのかもしれません。

タコスの包みをお客さんにわたすユキさんはこの二週間で、すっかりおばさん魔女になりました。ほおに刻まれたシワやたるみや首のシワに、ユキさんは毎朝、鏡でうっとり見とれています。自分ってなんて美しいのでしょう。

「マリって歌がこんなにへただったんだねえ。こんなんで、よく人まえで歌おうなんて思うね。町を救うことより、マリにとってたいせつなのがこれ？」

エイミーはあきれています。でも、ちょっとだけほっとしていました。エイミーはほんとうのことをいうと、マリがきらいというより、ずっとこわかったのです。あの子だけはなにをやっても、愛されて許される、なぞのなにかで守られているみたいで。普段はダラダラしているけど町がピンチになったらなにかしらのスーパーパワーを発揮してこの町の英雄になるんだろうな、とずっと予感していました。それを見たとき、自分の胸はつぶれてしまうんじゃないかとおびえていました。

しかし、じっさいはそうでもなかったのです。

町を救ったヒーローとは、さて、だれでしょう。そして、この石の花、じゃなかった塩の花まつりの主役とはだれでしょう。マリでもないし、スジひとりというわけでもないし、レイでも、マデリンでも、モモおばあさまでも、魔女たちなわけでもないし、人間ともいえません。でも、それでいいのかもしれない。たったひとりでいちばんにならなくていいのかも。

へたな歌でも、これだけどうどうとしてれば、ギリギリ聴けなくもないように、エイミーだってやりたいことを思い切りやってみてもいいのかも。いまはそれがなんだかわからないし、見つからないのかもしれないけれど、これからじっくり考えてみよう。

「そりゃ、うまいとは思わないけど、なんだか味わいがある歌じゃない。けっこうクセになるというか。わたしはすきだな」

と、となりにすわっているスジはにこにこして、メガネの奥の目を軽くつむり、マリの声に集中しています。

「そうだね、少なくとも、これくらいの歌唱力で、あんなにも舞台に立ちたがって、人まえでやりきっていることに、わたしはなんだか感動しちゃうな」

と、レイはレイで、けなしているのかほめているのか、わからないことをいいました。エイミーはびっくりしています。スジもレイもマリの崇拝者で、あの子がなにをやってもほめたたえるものとばかり思っていたから。でも、こんなゆるゆるっとした友情でいいのなら、エイミーもこの子たちとあんがい仲よくできるのかもしれません。

歌がおわってもマリは、舞台をわざと行ったり来たりしていて、すこしでも多く拍手を集めようと、なかなかさがろうとしません。見かねたモモおばあさまがそそくさと登壇し、孫をやんわりと押しのけました。

「みなさん、おまつりを楽しんでいらっしゃいますか。この二週間で、この町は大きな進歩を遂げました。わたしたち魔女もまた変わらなければなりません。さて、ここで、魔女学校の理事として、重要なご報告があります」

マントをひるがえし、白髪をなびかせたモモおばあさまはもう、だれがどう見ても、お年寄りの魔女そのものです。しかも、以前よりずっと威厳があり、シワも深く、年をとって見えるのです。その肩でとくいそうな顔をしているのは、おじいさんコウモリのジロウです。

「わが魔女学校は、どんな子どもでも、魔女になりたい子どもなら積極的にうけ入れます。もちろん面接と試験にうかることが条件です。まだまだ学校のありかたが追いつかない部分もありますが、これは決定です」

広場は大きな拍手で包まれました。モモおばあさまが壇上を退くと、あわよくばまた舞台にあがれないかと待機していたマリと、客席にすわっていたレイがかけよってきました。

「モモおばあさま、ありがとうございます」

と、レイは目をまっ赤にしています。マリは大よろこびで小おどりしました。

「子どものころのおばあさまもいいけど、やっぱり、年とった魔女は、最高にかっこいいよ！」

「マリを見習おうと思ってね。マリみたいに自分のやりたいことにちゃんとむき合おうと思ったの」

モモおばあさまはやっとわかりました。モモおばあさまはむかしからほんとうはずっとこう願ってきたのです。自分よりもっと若いあとの世代の女の子が、もっと自由に、もっと気楽に生きられるそんな世界になりますように、と。これでまちがっていなかったし、遊べなかったじかんは、これからとなりにいる大親友とゆっくり取りもどせばいい。モモおばあさまはほこらしそうに寄りそうマデリンの手を握りました。なにしろ、魔女は長生きだから、じかんはたっぷりあるのです。

レイとマリは両手を握りあって、はしゃぎます。

「やったね、レイ、再来年には、いっしょに魔女学校にかよえるね！」

「うれしい。同じ制服を着て、魔法を学べるなんて夢みたいだよ！」

「塩の花栄誉賞」のメダルを首から下げたスジも客席からかけよってきて、三人はだきあっていつまでもよろこびました。

コウモリの形の提灯にひとつ、またひとつとあんず色のあかりがともりました。

おまつりはまだまだ盛りあがっていますが、マリにとってのたのしみはここからなのです。

なにしろ、今夜はマデリンのお城に泊まって、夜どおしみんなで映画を見るのです。グウェンダリンママのうらないはおやすみ中。学校も祝日のふりかえでおやすみです。だから家族で、すきなだけねていることができます。マデリン映画館は新作も旧作も見放題、もちろん、バターたっぷりのポップコーンも食べ放題。なによりも、きょうはモモおばあさまがはじめて映画館で「おせっかい魔女・モモにおまかせ」を見る夜でもあるのです。そこまで興味がなかった映画だけれど、モモおばあさまやマデリン、スジやレイもいっしょだと思うと、わくわくで胸がいっぱいです。

やっぱり、映画っていいよな〜。

ちび魔女や小さな子どもたちはマリを見ると、集まってきました。みんな、「ナメクジのゲロは長い」を歌い、手をたたき、リズムに合わせて、体を揺らして踊ってみせます。おとなにはさっぱりですが、おちびさんがたにはあんがい刺さったようですね。ギターからもとの姿にもどったマサチカがいつのまにかとなりにやってきて、しっぽをゆらゆら揺らしています。

「大丈夫か、このチビたちの感性は？　この町の未来が心配だよ」

いつものようにいやみをいいますが、マリはうっとりして、こう返しました。

「ねえ、マサチカ、わたし、歌手になるのはやめようと思うんだ。いまので気がすんじゃった」

「お、ようやく、身のほどをわきまえるようになったか！」

「ううん、わたし、やっぱり、歌手じゃなくて映画スターになりたいかも！　自分で脚本もかいてかんとくもやりたい!!」

やれやれな相棒だよ、とマサチカが身をすくめ、マリの肩にひょいととび乗りました。はやく夜にならないかなと思います。はやく一匹になって、きょう、見てきたことを小説に書きたくてたまらないのですから。

参考文献

◆『チャコウラさんの秘密を知りたい！　ナメクジの話』（宇高寛子、偕成社、2022年）

◆『塩の結晶：写真を見ながらだれでもできるビジュアル版』（少年写真新聞社、1987年）

作者あとがき

小さなころから、わたしは魔女が大好きでした。魔女が出てくる本は、図書館でタイトルが目に入ったものから、ぜんぶ読んできたと思います。魔法が使える女の子のテレビアニメも夢中になりました。学校でホウキを見つけるとかならずまたがったし、覚えた呪文は一回は口にしました。実際に飛べたり、魔法が使えたりしたことはありませんでしたが、おとなになったいまも、あきらめていません。いまからでも魔女になれないかなー、と願いつづけています。この本を書くにあたって、何人もの現役の魔女さんに取材しました。修行さえすればいくつになってもなれることがわかって、とてもワクワクしています。

もし、みなさんのなかに気になる人がいたら、調べてみてくださいね。

わたしはくいしん坊で目立ちたがり屋なので、魔法はみんな自分のために使って、より楽しく生きていきたいと思っています。ひとりきりで森でくらしていくなんてさみしくて無理そうだし、スマホやコンビニなしの生活が想像できないので、これまで同様、人間界にうまくとけこんでいくつもりです。そうそう、みんなをびっくりさせないように魔法が使えることは、早いうちに公表しておきます。踏切がなかなか開かないときは、ホウキに乗って飛び越えたり、ごはんを作るのがめんどうなときは呪文ひとつで、野菜や練りものを空中でカットして、おでんをぐつぐつ煮込んでしまいます。小説を書くのがいやなときは、締め切りをのばす魔法を使って、そのあいだ、自分の子どもと雲の上に飛んでいってゴロゴロするつもりです。自分が魔法を使えたら、こうするのにな、ああしたいな、と思ったのが、『マリはすてきじゃない魔女』をかきはじめたきっかけです。

魔法の物語を読んだり、アニメや映画を見ていると、魔法使いであることが周りにバレてはいけない、とか、だれかを幸せにしなくてはいけない、世界を救わなければならない、とか、そういうルールが多いように思います。

まだまだマリくらいのちびっこ魔女にそれを求めるのは、ちょっときびしくないかなあといつも思ってきました。パワーを役に立てるのは素晴らしいことですが、だれかに強制されるのはちょっと違うんじゃないのかなあ。もちろんそうした作品もわたしは好きだし、レイのようにまじめな女の子が魔女にあこがれて、がんばって成長していくのは、いいことだとは思います。

でも、これがやりたいなあ、これはやりたくないなあ、きょうはねていたいなあ、おなかすいたなあ、寒いのはいやだなあ。単純なようでいて、みなさんの内側からたしかに湧いてくるそんな正直な気持ちは、大事な大事な魔法のタネです。どうかそのタネを大切にしてください。空は飛べなくても、なにをすると自分の心が大きくふくらむのか、それをわかっている人は、いつか、とても大きな魔法を使えるはずですから。

この本のために、
現役の魔女として監修をしてくれた
谷崎榴美さんとアドバイスをくれた円香さん、
セクシュアル・マイノリティについて
監修を引き受けてくれた三木那由他さん、
韓国語の相談にのってくれた
小山内園子さん、すんみさんに感謝します。

柚木麻子

ゆずき・あさこ

1981年生まれ。大学を卒業後、お菓子をつくる会社で働きながら、小説を書きはじめる。2008年に「フォーゲットミー、ノットブルー」でオール讀物新人賞を受賞してデビュー。以後、女性同士の友情や関係性をテーマにした作品を書きつづける。2015年『ナイルパーチの女子会』で山本周五郎賞受賞。同作は、高校生が選ぶ高校生直木賞も受賞した。ほかの小説に「ランチのアッコちゃん」シリーズ（双葉文庫）、『本屋さんのダイアナ』『BUTTER』（どちらも新潮文庫）、『らんたん』（小学館）など。エッセイに『とりあえずお湯わかせ』（NHK出版）など。本書がはじめての児童文学。

坂口友佳子

さかぐち・ゆかこ

大阪府出身。京都造形芸術大学（現・京都芸術大学）キャラクターデザイン学科卒業。TIS会員。はじめての将来の夢は、人魚か魔女になること。大好きなファンタジーの世界に浸れることから、絵を描くのが大好きに。現在は、イラストレーターとして活動し、絵本や児童文学の表紙や挿絵、お菓子のパッケージや広告などの絵を手がける。絵本に、自身の飼っている白猫をモデルにした『どこどこ けだまちゃん』（ひるねこBOOKS〈ひるねこレーベル〉）がある。

マリはすてきじゃない魔女(まじょ)

2023年12月25日　初版発行

著者
柚木麻子

絵
坂口友佳子

発行者
松尾亜紀子

発行所
株式会社エトセトラブックス
155-0033　東京都世田谷区代田4-10-18-1F
TEL: 03-6300-0884　https://etcbooks.co.jp/

装丁
鈴木千佳子

DTP
株式会社キャップス

校正
株式会社円水社

印刷・製本
モリモト印刷株式会社

Printed in Japan　ISBN 978-4-909910-21-9